农闲笔记

马慧娟 著

致向日葵

一季的生长　都在追随太阳
迎着风雨　努力撑开梦想
把太阳的万丈光芒　一次次揽进胸膛
开着和太阳一样颜色的花　是葵向太阳深情的表达
触摸不到太阳的脸庞　就固执地向它生长
向日葵是痴情的女子　太阳可曾接受过
这缠绵决绝的倾诉

黄河出版传媒集团
宁夏人民出版社

图书在版编目（CIP）数据

农闲笔记／马慧娟著 . — 银川：宁夏人民出版社，
2019.7（2023.8 重印）
ISBN 978-7-227-07055-9

Ⅰ . ①农… Ⅱ . ①马… Ⅲ . ①散文集—中国—当代
Ⅳ. ① I267

中国版本图书馆 CIP 数据核字（2019）第 138914 号

农闲笔记

马慧娟　著

项目统筹　何志明
责任编辑　陈　晶
责任校对　白　雪
封面设计　一　卜
责任印制　侯　俊

 黄河出版传媒集团　出版发行
宁夏人民出版社

出 版 人　薛文斌
地　　址　宁夏银川市北京东路 139 号出版大厦（750001）
网　　址　http://www.yrpubm.com
网上书店　http://www.hh-book.com
电子信箱　nxrmcbs@126.com
邮购电话　0951-5052104　5052106
经　　销　全国新华书店
印刷装订　三河市嵩川印刷有限公司
印刷委托书号　（宁）0027076

开本　640mm×960mm　　1/16
印张　15.5
字数　120 千字
版次　2019 年 7 月第 1 版
印次　2023 年 8 月第 2 次印刷
书号　ISBN 978-7-227-07055-9

定价　48.00 元

大致在 QQ 空间浏览了一下，网友邦鸿说想回到这里，那个写诗填词的少年是想重新执笔书写锦绣文章吗？我无意猜测。

曾经的我们，简单地执着于对文字的爱，洋洋洒洒，随意舞文弄墨，没有章法，没有人指导，只是凭借自身的感觉去书写，至于好坏从来不曾在意过。

就这样一晃几年过去了，网络中的朋友来来去去，那些曾经因为文字结缘的朋友大都已经封笔，不是因为生活所累，就是失去了书写的热情和灵感。我一直惶恐，是不是有一天自己也会这样？

也有亲友笑我不务正业。生活已经这样累了，还去写这些没有实际意义的文字，有必要吗？我无言以对，只是喜欢文字，只是想书写，这和有没有意义似乎没关系，让我保留一点自己的思想和爱好吧！如果没有这些保留，我怕有一天我会堕落成一个无知、自卑且狭隘的村妇，永远都不会有自己想要的一片天空！

　　文字要表达的是一种心声、一种感情、一种状态，在这个写手满天飞的喧嚣世界，我不知道自己能走多远。人这一辈子很短，所以要对自己好一点，得失成败看淡，喜怒哀乐随心，荣辱贫富皆缘，生老病死自然，只要努力了何必在乎结果？只要自己开心并让亲朋好友因你快乐就是最好的结果，也许平庸，也许清贫，也许一生碌碌无为，也许……可至少在生命结束时心里是坦然的！

　　我始终看不明白那些华丽词语堆砌起来的深刻文字，什么立意、寓意，抑或结构对我来说都是模糊的。阅读少，阅历少，终究是一种障碍，我的文字就如豆腐西施，瘦得像圆规。太过真实的东西往往没有艺术的美感，慢慢来吧，不知道谁会指导我一下？或者只能自己摸爬滚打。

目 录

▼ 书香一缕道且长

陌室一角有书香 / 002
花开花落 / 004
四　季 / 005
绽　放 / 007
匆　匆 / 008
情不知其所起 / 009
又是一夜风起 / 011
旅途散记 / 012
心如风飞扬 / 013
走了那么久 / 014
文人的忧伤与生俱来 / 015
打油诗 / 016
临窗听雨 / 017
纯净的月光洒在我身上 / 019

街上飘着烤红薯的香味 / 020
爱自己，爱生活！ / 021
花香使人明亮 / 022
蓝天白云下 / 023
生活是什么 / 024
那些有风的日子 / 025
漂泊的灵魂 / 027
春是美好的开始 / 029
春　雪 / 030
暇读《老子》 / 031
让我做场梦吧 / 032
好好生活，踏实书写 / 033
一夜之后　谁会欢喜　谁会悲愁 / 034
小钉钉书 / 035

▼ 我有点迷恋劳作的时光

我有点迷恋劳作的时光 / 038

早晨被风声准时叫醒 / 039

后半夜的罗山 / 040

我更享受此刻的昏暗 / 041

为那些没坚持下来的玉米哀伤 / 042

面对我的庄稼，我心生卑微 / 043

风依旧，雨在天堂 / 044

谁偷了我的馒头 / 045

我们娘仨和一堆玉米秆对抗 / 046

苦累只是生活中的一种形态 / 047

我穿着拖鞋走过田埂 / 049

生活逼着我们前进 / 051

这个夏天，很多无奈 / 052

初秋的早晨略显凉薄 / 054

忙碌和劳累似乎是永远的主题 / 055

一场秋雨将明媚的季节变得湿冷 / 056

此刻是否还有不曾睡去的人们 / 059

每年三月都要经历疯狂的几天 / 060

习惯每天回家去牛棚看看我的牛和羊 / 061

六点五十七分 / 062

一样的雨，不一样的心情 / 063

淌玉米地的女汉子你勇敢坚强啊 / 064

晚 风 / 065

被人信任也是一种负担 / 066

骑车飞奔于田间小道 / 067

半个月亮爬上来 / 068

时钟报过九点 / 069

早春的晨光 / 070

夜晚的蝉鸣连成一片 / 072

一场灌溉和一场大雨拯救了我的菜园 / 073

生活逼着我们前进，成长 / 051

大个子 /075

我在这个没有雨的季节走不出
心情的泥泞 /076

我提着铁锹奔跑在田埂上 /078

给玉米施肥 /079

下午的阳光晒得田埂发烫 /081

每抬一下腿或胳膊都像是一场战争 /082

固定葡萄树 /084

我和我的它们 /086

生活依旧 /095

秋天的村道一片寂静 /096

两只苍蝇 /098

远处的田野 /099

小毛病时不时滋事挑衅 /100

▼ 我爱这个地方

我爱这个地方 /104

大地像被太阳生起来的火炉 /105

原野 /106

这里的春天，要用心去欣赏风的
豪迈澎湃 /107

雨停了的村庄 /108

故乡，永远回不去了 /109

黑眼湾已经不在了 /110

想念黑眼湾 /111

红寺堡之春 /113

泾源，我心里永远的天堂！/116

消失的露天锅灶 /117

蒸 鸡 /119

赵已然，你是宁夏人的骄傲！/120

祝福赵牧阳 / 122

难得下雨天 / 123

早安，美好一天的开始 / 124

风的恶作剧 / 125

早晨八点钟 / 126

该怎样去定义贫穷 / 127

昨夜梦回黑眼湾 / 128

小别离 / 129

柳树地 / 130

若能，真想把中国农业银行都给你们 / 131

你看这季节多美 / 132

我于每个黄昏时分安坐于窗前 / 133

搭　档 / 134

与相识二十多年的女友相聚银川 / 138

祝福刘汉斌 / 139

小个子男人 / 140

蚕　豆 / 142

妞 / 143

盖房子 / 144

▼

爱是不能忘记的

人生，且行且悲伤
　　——和父亲有关的一段旧事 / 150

一别，永远 / 152

小家伙，越长越可爱了！/ 153

梦见父亲 / 154

昨夜，又梦见父亲 / 155

想念有父亲的日子 / 156

想起父亲，泪流满面 / 157

茶与父亲 / 158

送别姑姑 / 160

今天是二舅下葬的日子 / 162

今天四哥永远离开了 / 163

愿这世间再无烦恼忧愁 / 164

早晨醒来看着熟睡的母亲 / 165

这一刻，我只是母亲的孩子 / 166

有母亲的日子，娘家是温暖的港湾 / 168

梦又起 / 169

我们的辛苦，没有尽头 / 171

世间最美好的事情莫过于亲人团聚 / 173

远房姑姑来串门 / 174

大 哥 / 175

家有儿女 / 177

妞说：干吗不让我先出生 / 181

两块钱到北京 / 182

和妞的对话 / 183

拿什么爱你，我的宝贝 / 186

▼

以文会友

文字是在心灵上徘徊的精灵 / 202

相逢是首歌 / 203

微博已经开启 / 204

昨天七月十五日 / 205

世上的事情都有一个曲折的过程 / 206

文沁姐姐 / 207

「没文化，真可怕」 / 187

儿子说，你又发烧了吧 / 188

母子总动员 / 189

孩子，你所选择的，始终都要付出代价 / 190

和我十岁的闺女聊天 / 192

满怀希望去生活 / 197

孩子上学去了 / 199

邂逅王学军 / 208

为什么坚持写作 / 210

或许有一天我也会放弃文字 / 211

长　城 / 212

穿过这座城市 / 213

爱你们，我的朋友们 / 214

除了喜欢文字，没有其他 / 215

收到平凡姐姐的鼓励和祝福 / 216

Jian 姐 / 217

洒家哥哥 / 218

旧友安琪 / 219

网友笑尘 / 220

唐姐姐 / 221

网友何亮 / 222

詹医生 / 223

旧友理想 / 224

向马金莲致敬 / 227

秋已至　花正好　念故人 / 228

絮　语 / 232

▼ 书香一缕道且长

　　没有人读的书是孤寂
的，就像没有经历过爱情
的人生是有缺陷的。那么
这些书本，请让我搬你回
家，从今天起，来和我谈一
场天长地久的恋爱吧！相
信我会与你白头偕老，不离
不弃。

陋室一角有书香

有一间书房，书柜里面摆放着我喜欢的书籍，在每一个清晨黄昏，能安静地坐着读书，是我多年以来的梦想。

在农村，一个农民手里握着铁锹，拿着镰刀，提着斧头，扛着锄头都是正常的。如果你手里拿着书，必是一件遭人耻笑的事情。所以在乡村，借一本书比借钱难。

在因无书可读而苦恼的时候，我发现了网络，开始接触外面的世界。看到一些网友晒出漂亮的书房，我羡慕嫉妒，想有一间书房的愿望越来越强烈，什么时候，我才能拥有自己的书房？

随着书写的增多，外省文友的增多，我的书也渐渐多了起来，一部分是自己购买的，一部分是文友慷慨寄赠的。这些书拯救了我贫乏枯燥的精神世界，让我的生活一天天充满阳光。每一次把书拿回来，我都像获得了一笔财富般欣喜，没有书柜，就码放在屋子一角的桌子上，忙里偷闲抽出心仪的一本读几页，再匆匆地放回去。

和别人高端大气上档次的书房相比，我的书房有点简陋，有点凌乱。但每次劳动归来，看着桌上逐渐增多的书，所有劳累和生活的烦恼都可淡去。

那天去村上的农家书屋，几个书架上的书已蒙尘，让我好不心疼。当时屋子在装修，书柜被搬得乱七八糟，切割机切出的粉尘弥漫整个屋子，我捂着鼻子在狭小的空间里寻找着自己喜欢的书。没有人读的书是孤寂的，就像没有经历爱情的人生是有缺陷的。那么这些书本，请让我搬你回家，从今天起，来和我谈一场天长地久的恋爱吧。相信我会与你白头偕老，不离不弃。

我们无法选择自己的出身和即将面对的命运，但我们可以选择书滋养自己的心灵。不要让自己在琐碎寻常的日子里浑浑噩噩，无所事事。

花开花落

　　看见绿色，看见花开，我的土地上，一片蓬勃的景。做一个感知幸福的人，让花开，让绿色，装扮有些荒芜的心。

　　如果有来生，我愿做荒野里的一棵树，不悲不喜，保持一种静默的姿势，看天高云淡，看四季轮回。我就站在那里，随风雨，历寒暑，等着有一天，我前世的那个你，仰望我的丰茂，追随我的荫凉，然后靠着树，倾听我对你一直不变的深情。

四　季

　　你说，江南的春天，一墨烟雨，一纸江南，让生长在北方的我，向往江南。你看这里的春天，枯树，旷野，狂风，寒冷……草没有发芽，柳没有报春，杨树顶着喜鹊孤独的巢，苦苦等着暖风的来临，来结束一冬的凄凉。我没见过江南的春天，只是无数次想象，那水乡，那石桥，那山水，那绿树，那红花，那细雨……所有的一切都只是想象，惹起我无限的向往，可也只是向往。我爱生我养我的土地，爱北方广袤的天空，爱苍茫无际的原野，更爱我朴实无华的乡亲。春天是个美丽的词语，有希望，有力量，更有太多美好的开始。

头顶传来悠扬的雁鸣，又是一年深秋时，坐在院子里和孩子一起吃着煮熟的土豆和南瓜，抬头看着远去的雁群，突然想起自己快一个月没在家吃过午饭了，铺天盖地地忙着，忙着……其实回头看看，自己都说不上来在忙着什么，也许糊涂地过也是一种心情吧！

抬头看着天空，冬日的阳光懒散而黯淡，飘着的几片云没有精神地静止着，树叶终于全部凋零，关于夏天的所有故事都结束了，只留一地伤感，悲凉着的不止是落叶，还有人的心情……

冬已至，意朦胧，人潮故旧何处寻？笑回首，深情重，无言相伤，谁解风情？秋叶净，寒霜凝，皎月一轮冷清清。客又来，扰残梦，忙忙奔走，又是黎明！

看着这四月飞雪／我恍然若失／反常的季节错过了花开／这样的我错过了你／我一直不敢悲伤／因为我足够坚强／我不在意这世间的悲欢离合／走或者留／聚或者散／都是自然而然／谁能强留

绽　放

　　花若盛开，你若到来，生命中的美丽啊，会以怎样骄傲的姿态绽放。我平凡卑微的梦想，数了多少日夜，历经眼泪和欢笑，却还是一粒种子，深埋在心底懦弱的土壤里。我苦苦思索，努力挣扎，让它生根发芽，让它慢慢长大，让它有了花蕾，却没有力气继续。人世间的精彩啊，那么遥远的距离。我梦想花开，梦想你来，梦想那些灰色远离，看花盛开，看你到来，看梦想绽放，谱出惊艳的舞曲。

匆 匆

匆匆数年，努力着，挣扎着，煎熬着，蹒跚着走到今天。突然在这一刻被认可，被尊重，被了解，被关注，还是悲喜交加了一场。文字于我是慰藉，坚持写它是因为我喜欢它。

心也在焦虑，怕记者的打搅和媒体的捧杀，我不为自己这些经历骄傲，我的故事也不是来几个记者就能写完的。更多的需要我去坚守，去深层次书写出来，那样我才对得起自己。

忽略了时间，遗忘了梦想，我游走在琐碎的哀伤，晴天浮云，狂风枯草，清晨别样的寒冷中，矗立着怎样的念想？人生中要么思考着生活，天天努力向上，要么如行尸走肉般麻木地生活，虚度时光。我是哪一种？我也没了方向。我自疯狂，面向温暖的阳光！

情不知其所起

踏着这一世的风，我们缥缈中前行，谁都不过是岁月中的一粒尘！随着浮世的风游荡在滚滚红尘中！

痴也好，怨也罢！都是一种方式，生存的方式，苦难唯懂生活者将之当成享受，抱怨只能让人怯懦！

时常看着高远的天空，追寻风中翱翔的雄鹰，看它迎风展翅的身影，心也会飞得无影无踪！

做一世悠远的梦，心底留一份儿时的纯真，敢在太阳下奔跑，敢在寒冷中微笑！

也许午夜梦醒时会哭得泪眼迷蒙，也许在孤单时会变的乱了分寸，可太阳升起时，我还会笑着迎接黎明！

寒冷中最美的邂逅，感动着永远的温柔，不忍要重如山的诺言，不忍这风尘中无望的期盼！

看这尘世几千年的纷繁，为情埋葬了多少哀伤痴怨，我们亦是步历史的后尘，游荡在自己编织的网中间！

天空阴霾，细雨迷蒙，指尖的冰冷蔓延至心底，你的离开，我的忧伤洒了一地！

谁为谁种下相思的蛊，却又难逃脱猜疑的毒，尘世中我们随波逐流，终不过一场风流如梦，闻天涯之远，斯人憔悴？情深处难言，泪眼迷蒙，看前路迷茫何去何从，倾尽文字已不愿感动，笔触间严冬格外冰冷，一夜中失却所有柔情，提针线无语思情纷纷，心，如冬之素净！

爱被风带走了，只剩下思念在孤独守候！我看着叶子漫天飞舞，不再感叹凄冷的晚秋！抬眼望着天空的麻雀，它们依旧欢快地追逐，我一个人行走，却渴望被风拥入怀中，那样我就能自由地飞翔，去到我梦中畅游的地方，那里是不是我要的天堂！

头也不回，在别人的注视中走得悲壮，拐出这个路口，笔直的马路通向遥远，尽头，十字路口车水马龙繁华一派，是风景留不住人，还是人太浮躁不肯留意风景？我只知道走出这条路再也不会回头！

又是一夜风起

又是一夜风起，满天繁星如珍珠璀璨，心绪随风飘飞，很久不曾书写，包裹了太多情绪，我简单地行走，带着一身疲惫。刻意伪装了满脸笑容，可曾带给你些许安慰？我知道我必须很好，而我也学会让自己很好。这样的我，在你的注视中学着改变，学着淡然，学着让自己明朗灿烂！

旅途散记

离开了那片显得荒凉的 / 我生活的地方 / 踏上塞上江南的土地 / 一路走来 / 正是槐花开放的季节 / 那一树树白的、红的花 / 明亮得让人心醉 / 那一片片繁华 / 乱了谁的心扉 / 同一片蓝天下 / 几十公里的距离 / 却精准诠释了那句成语 / 天壤之别 / 碧水，蓝天，高楼，车流 / 一切都是如此美丽 / 行走的人们啊 / 终是过客 / 再美的景 / 留不住外乡人的心

心如风飞扬

云在天边，梦想很遥远，我看景如画，心如风飞扬，远山笑我太痴狂，飞鸟随我舞疯癫。看那个傻瓜哟！在行走的摩托车上，挥舞着手臂，向远方的云彩问好！

起风了，这个季节如此躁动。每天遭遇美好的同时也在遭遇阴暗，人心或者事物。行走在世上，对或者错，都是必须经历的过程。没有这个过程，我们怎么成长？

过去的已经过去，我不想念念不忘，更不想揭开曾经的伤痛。

走了那么久

　　走了那么久，你变了没有？相思离别一场醉，醒了还要继续走，那时你的模样，沧桑坎坷忧伤，途经繁华大起大落，心也无尽苍茫。

　　走了那么久，你变了没有？风雨之后归于平静，你的目光依旧，那张淡然笑脸，无数次浮现梦中，你说沧海桑田后，永远还有多远？

　　走了这么久，我知道你一直都没走，你就那样注视着我，希望我一直快乐，走了这么久，我们都变了没有？

文人的忧伤与生俱来

文人的忧伤与生俱来，从骨子里流露出来。古语说："百无一用是书生。"手无缚鸡之力，说的无非是读书人在生活上的困窘和无奈。

命运不能不信，但不可全信。不信容易偏激，信了就会消沉；不信是为了给自己前进的力量，信了是为了心态的平衡。两者之间，何去何从？

心情在瞬间是绝望的，为自己也为别人。我们都渴望着圆满的结局，却总是在现实中挣扎。痛的感觉如影随形，却无奈得只能心痛。

打油诗

旧地山水人去空，玩伴客居他乡人。

野猪横行门楣倒，再去恐无人山径！

九月漫山红叶妆，少年骑驴逐牛羊。

河边篝火芋头好，欢语笑声水流长。

细雨随风扰清梦，鸡鸣雀唱犬吠声。

我辈常言不遂志，谁又一念执一生？

临窗听雨

风抚柳梢雨洗尘，久无艳阳床榻冷。

迷雾遮眼前路漠，谁指阳关奔前程？

虽感世事多沧桑，满腔正气也逞强。

人前不说是非事，无愧于心日月长！

北风又起沙满天，槐花纷乱随尘散。

薄雾缭绕暮已至，披星戴月夜半归！

一夜北风杨树绿，枝头喜鹊迎晨晖。

友邻呼喊惊睡犬，忙忙奔走为生计。

都言三月时节好，柳绿花红鸟也俏。

江南景致如墨绚，北国恶风肆意寒。

梦醒读书观世态，人情冷暖细思量。

千古风流皆向往，看尽哀怨愁绪长。

人似浮萍随波逐，心在云霄九天中。

缘起缘灭缘如水，看淡红尘万千愁。

云在天际随风飘，归燕呢喃筑新巢。

儿童嬉戏逐幼雀，绿意又上杨柳梢。

纯净的月光洒在我身上

纯净的月光透过窗户洒在我的身上，那般温柔明亮！以前老看别人写月亮的句子，我并不以为然，可今晚我看见这月光，突然心底也变得平和、宁静！闭上眼，感受这一刻的安逸，没有喧嚣，没有吵闹，让这种惬意的感觉陪我入梦吧！

街上飘着烤红薯的香味

　　街上飘着烤红薯的香味，很想去吃一个。天开始冷了，一瓶蜜茶喝下去竟是发自内心的冰冷，忍不住发抖。呵呵，看了一段文字笑得眼泪都出来了，那么实际又那么幽默，原来真的什么都会变，你能把握的只有你自己的一切，所以努力地做好自己的事吧！

爱自己，爱生活！

　　很疲惫，累的感觉如此清晰，可竟然无法安睡，窗外的夜晚闪着稀疏的星光，远方传来喧闹的歌舞声，睡不着就不睡吧，听着音乐也不错！静静地感受那激发人上进心的音符，在心里为自己加油：你是最好的，你一定会拥有自己的一片光明世界！爱自己，爱生活！

花香使人明亮

嗅花朵的清香，看柳枝的妩媚，感受春的温暖，体会生命的初始，我在这个春天播撒希望，用我所有的辛苦去换秋的收获，努力，坚持！

清晨，风清凉，空气中弥漫着阵阵芬芳，我打开心窗，散去了所有的忧愁哀伤，眼前豁然光明心也敞亮，远处的朝霞一片彤红，照得脸也焕发红光，我看到了美，看到了希望……

早晨起来突然看见屋后满树的杏花，白里透红开得那么灿烂，几株柳树也散开叶子了，嫩绿让人眼前清新明亮。呵呵，北方的春天来了！可我在忙什么呢？为什么才看见这样的景致？也许疲于奔命的忙碌让自己忽略了时间的流逝……幸福有多远？自己去追吧！

蓝天白云下

　　蓝天白云下，碧野无垠，清风拂过禾苗似波浪翻滚，阵阵草香迎面袭来，回归自然的感觉油然而生，骄阳亲吻着大地，万物欣然，滴下的汗水融进了土里。大地笑了，它说我忘了自己；禾苗笑了，它说我是那么美丽；太阳笑了，它说我可以创造奇迹；我笑了，原来生活要有勇气，相信自己！

生活是什么

生活是什么？对于一个普通的女人来说，生活就是和自己的爱人长相厮守，执子之手，与子偕老；生活就是子女健康成长，自己老有所养，老有所依，享受天伦之乐；生活就是能被人理解，多一些快乐，少一些忧伤，与君同乐，共进互勉；生活就是要拿得起放得下，积极求取！

那些有风的日子

清晨的风徐徐吹着，让人心里很安静，没有丝毫的想法，就想这样呼吸着风的气息，感受它的温柔，想醉在它怀里，让它带我翱翔，起风的时候，总有梦想在前方，随风逐梦的日子总会让自己坚强！

夜清冷，水声随风，偶然抬头看见流星在天空划过的璀璨，突然心生感动。远处的点点灯光点缀着夜的凄凉，突然燃起的火光似乎给人一种温暖，静静守候夜的流逝，期待黎明的到来，暖和的家、可口的饭菜……一切都会好！

让这漫天的风沙将我吞噬、埋葬，不管别人说我怯懦也好，逃避也罢，如果没有灵魂我将永远死亡。不再面对、不再压抑……至少那样在这个日子里还会有人记得曾经有个我!

　　坐得很高，突然心血来潮躺在草帘子上看湛蓝的天空，那没有一丝云彩的纯净，风轻轻吹过我的脸庞，已不再冰冷。我的世界一片宁静，只有风的声音在耳边响起，太阳暖暖地照着，真舒服呀，闭上眼睛听风的呢喃，是一种醉人的惬意。

漂泊的灵魂

醉了，笑了，哭了，乱了，这尘世中我们要学着灿烂，学着享受生活，学着归于平淡……

经年累月，我被生活打磨得不悲不喜，从来都是在努力地生活，不敢抱怨，亦不敢轻易去恨，只在检视自身的缺点，用心去完善自己，人生可能很难一帆风顺，那么做到内心的宁静淡然，是不是也是一种完美和解脱？

又在午夜时分醒来，心也在游荡，矛盾、犹豫不决的个性总让人心生烦恼。很多时候明知道因而成伤，可还是在固执着，心没有方向地随波逐流，是真的难过还是无病呻吟，我痛恨着自己的缺陷，不知道迷惑着什么，亦不知道在悲凉什么？为什么不肯让自己的心暖起来，为什么？也许是不肯原谅自己才会这样吧。半生已过，我才渐渐知道修身养性，用半生的时间来明白一个道理是不是太久了。呵呵，习惯性地傻笑，当我无奈的时候就习惯这样笑，可以让自己不那么难过，可以让心不那么无助！没有依靠就不再依靠，既然坚持了这么久就继续吧，因为我一直都是一个人在走！

人总是把自己陷入无谓的担忧中，恐惧着不可预知的事件和未来，让自己的心陷入迷茫，看不清方向，不知道自己真正要什么，其实人活着总要有一个坚强的理由去前进，总要去面对和经历每一天，无论快乐痛苦，经历过便是人生中最美的风景！因为人是有血有肉有思想的，快乐源于心底，而非人或环境给予。

历经尘世的所有艰难，是不是可以涤荡心灵的忧伤？那些让你感动的片段，那些触动人灵魂的话语，那春花秋月、良辰美景的绚丽，那季节轮回、生老病死的分明，我们哭了又笑，笑了又哭地成长，邂逅了，又分离了，如此而已。人世间除了生死，除了亲情，除了你，还有什么是值得在意和伤感的？

春是美好的开始

2014年的第一场雪拉开了春的帷幕。在西北这片广袤的土地上，似乎一直是从冬天一下子过渡到夏天的状态，直到"五一"过后才可以看见绿色，才可以享受花红柳绿的视觉效果。我一直向往江南，不光是因为那里多才子佳人，更主要的是那里有春天的感觉，有春风细雨，有春和景明，有湖光山色，有数不清的美景在证明那里有春天的存在，有人间最美的四月天。春天，是希望，是美好的开始，更是种梦的季节！

春 雪

一冬天的期待 / 盼来你姗姗来迟的身影 / 大地披上新装 / 孩子在你的怀抱撒欢 / 我行走在天地间 / 远山，孤树，寒鸦 / 游荡在你编织的网里 / 流浪的狗，踏着整齐的步伐 / 踩出一串梅花 / 开在苍茫的大地上 / 点缀春天的色彩 / 我的背上落满你的温柔 / 我的眼里看见你的纯净 / 你来了 / 北方的春天 / 似乎才是冬的开始 / 没有暖风，没有绿叶红花 / 飞雪，寒冷，拉开了春的帷幕 / 你看那只喜鹊 / 瑟缩在枝头 / 它也疑惑 / 不是说春天来了吗 / 为什么寒冷才刚刚开始

暇读《老子》

今天闲暇，早晨放羊时夹了一本书——《老子》。随手翻了一页，看见这样几句："知不知，上；不知知，病。夫惟病病，是以不病。圣人不病，以其病病，是以不病。"不由得感叹文言文的博大精深和老子精湛的文笔，寥寥数字，就把道理说得通透。这是现代白话文所不能比拟的。

让我做场梦吧

我闭上眼睛，疲惫让我沉醉，让我做场梦吧！离开这些劳累，离开复杂的人际关系，离开这片荒凉，离开我割舍不下的亲人，去一个有青山绿水环绕，有春风荡漾柳绿花红，有才子佳人吟诗诵书，有志同道和的至交友人，更有我所能想象的所有美好的地方…… 这样的我，会不会在梦中笑醒？这样的我，是不是傻得吓人？这样的我，总做不切实际的梦。这样的我，一直如此天真。

好好生活，踏实书写

好好生活，踏实书写！脑子里一直想着这八个字。人如果解决不了自己的温饱而去谈理想的话是不现实的。对于我，书写是生活之外的事情，在我疲于奔命打理生活的时候，我是顾不上我的文字的。每天忙完或者夜半醒来，我才会在脑子里摸索着书写我的文字，没有书本，没有老师。就这样简单书写。虽然它青涩、稚嫩，不能够称之为文章。但是我一直很真诚地在写，等我老了再回头看这些文字，我会大笑。因为每一次的书写，都是为了记录快乐，取悦自己，置换生活中的苦涩！

一夜之后　谁会欢喜　谁会悲愁

　　暗夜 / 我以为我睡过了一整夜 / 醒来却是无边的黑 / 风还在活蹦乱跳 / 折腾不休地奔跑 / 一会叩着玻璃一会掀着门帘 / 用它歇斯底里的任性 / 想揪个人陪它胡闹 / 远处谁家的看门狗 / 叫得撕心裂肺 / 是哪个暗夜行走的路人 / 惊扰了它的美梦 / 赌桌上的男人们 / 继续他们的醉生梦死 / 飞来飞去的钞票 / 失去现实的价值 / 只是作为数字符号 / 疯狂在牌桌上舞蹈 / 暗夜是赌徒的天堂 / 香烟是赌徒的情人 / 这一夜之后 / 谁会欢喜 / 谁会悲愁

小钉钉书

两本喜欢的书散架了，想了很久都不知道用什么方法复原。今天思虑再三，准备拿小钉子打个洞再用针线缝起来。结果小钉子钉下去刚好和书的厚度一样，拔不出来了。前后一看居然没什么破绽，那就多找几个钉子钉进去算了。钉完一翻书感觉不错，嘿嘿，我是个聪明的娃。

每天晚上我都会沮丧一会儿，今天又没有读一页书，没写什么文字出来。持续地忙碌让我疲惫不堪，精力有限，顾及不了太多事。那就暂且搁置文字吧，这样太累。再有一个月，希望可以闲下来。

风起时，叶飘零，又是一年晚秋至。抬眼处，雁啼鸣，黄昏已至，落脚何处？远山孤，落霞灿，千里平原辽无边。尘世间，多劳碌，旧事未平，又添新愁！

自卑是如影随形的另一个我，和我连体，它时常挡在我面前，左右摇摆，上蹿下跳，让我看不见前方的路，我时常疑惑：我是谁，自卑又是谁？到底是我背负着自卑，还是自卑牵制了我？这些是无解的，因为我甩不掉自卑，自卑也无法弃我而去。

▼ 我有点迷恋劳作的时光

秋天来了，清晨的风，凉爽
怡人，靠着爱人的肩坐在田埂
上看一群蜻蜓此起彼伏地
飞翔.闻着玉米将要成熟的
气息,久久不愿起来......

我有点迷恋劳作的时光

我有点迷恋劳作的时光，看着一点点从杂草里清理出来的黄花菜和毛豆，心里的平静和满足慢慢增多。

杂草堆里发现了一种野生的瓜，我不知道是什么。儿子欢喜地摸着瓜皮，说一定是西瓜，摸完拿杂草掩饰了一下，怕被别人发现摘走。毛豆稀疏，拔节长了个子，黄花菜时不时开一朵素雅的花，在晨风中摇曳，闭上眼睛，听植物开花结果的声音。

早晨被风声准时叫醒

早晨被风声准时叫醒，思想还是有些慵懒，穿着睡衣赤着脚，披头散发，拥着被坐在窗前，窗帘被风从开着的窗户中扯了出去左右乱晃，牛棚的铁门也被摔出刺耳的响声，阳光一如既往地温暖。一盆倒挂金钟被我养的在生死之间挣扎，儿子说他比较鄙视我，连盆花也养不好，哈哈，我也这样想！

后半夜的罗山

后半夜，罗山背后一片光亮，似乎隐藏着一座灯火通明的城市。我盯着那些光亮发呆，以前没看到过这样的情况。嫂子已经睡去，发出轻微的鼾声。熬夜到这会儿，她太累了。我想睡却不敢睡，野外的夜晚太过寂静，流浪狗随时出没，我得给嫂子放哨。再一抬头，红晕处探出了一点金色，我努力睁着眼睛，那是月亮吗？一点一点，就像切开的一瓣金色的哈密瓜被人高高举起，又像裹在褪褓里的婴儿，更像一张神秘莫测的人的侧脸。我就这样看着它慢慢爬上罗山，再高高远离罗山。此刻的月亮是金色的。罗山顿时笼罩在一片柔和的光里，升腾起茫茫雾气。黑暗顿时开始撤退，朦胧中，起风了，树叶沙沙。嫂子翻了个身问我，一块地淌满了没有？我让她安心睡。月亮越升越高，金色慢慢褪去，水哗哗流淌，我看着月亮华丽地变身。

我更享受此刻的昏暗

　　我蜷缩在沙发里，疲惫不堪，嘱咐儿子给牛添草、女儿洗碗，我像个地主婆。他们知道我病了，所以没有任何异议。黄昏了，屋里暗了下来，我不想开灯。耳旁传来孩子们的阵阵嬉闹声，我也想融入进去，但我更享受此刻的昏暗。如果没人喊我，我将在这样的氛围里睡去，有梦，或者无梦。明天，一直是不可知的明天。

为那些没坚持下来的玉米哀伤

　　晨风朝阳，些许黄花，我巡视着水渠，给久旱的玉米淌水。我家的地土质较好，勉强撑到这次淌水。心里为那些没坚持下来的玉米哀伤。灿烂已经落下帷幕，祝福依旧持续，我看着暖心。但前程路遥，唯有更努力。

面对我的庄稼, 我心生卑微

　　自以为忙于这样那样的正事, 一不留神, 草疯长了起来, 淹没了我的庄稼。一个人的田野, 有风, 有太阳, 有没有打农药的蔬菜, 我像长荒了枝条的南瓜蔓, 一无所有。听一场遥远的江湖险恶, 思量自己, 兔死狐悲。这个世界上对你好的人不多, 你对太多的人好, 也好不过来。面对我的庄稼, 我心生卑微。它们只生长一个季节, 你对它好, 它就多回报你, 你对它不好, 它就少回报你, 而我却要在它们面前, 世俗地思考我的整个人生。

风依旧，雨在天堂

风像脱缰的野马一样来回狂奔，仿佛要掀翻所有东西。尘土的气息，弥漫在屋子里一整夜。连续的高温，让好几户人家的玉米在生死线上挣扎，而灌溉的水仍无音讯。这场风像个助纣为虐的刽子手，加剧着这场干旱。刚在风中闻到雨的气息，又马上被风带走。乌云密布的天空，被风吹干了泪腺。抬头又是星光璀璨，风依旧，雨在天堂。

谁偷了我的馒头

　　一个人锄了一会儿玉米地里的草，有点累，看着邻居地里三个娘们搭伙干活，一时兴起，跑过去凑热闹，想和她们说说话。说完话我返回我家地里，低头一看就剩装水的杯子，塑料袋散落在不远处，馒头渣星星点点，我背来的馒头哪里去了？回头四处寻找，一只喜鹊站在田埂上。我忍不住大笑，就一会儿工夫，谁偷了我的馒头？

我们娘仨和一堆玉米秆对抗

风又起，我们娘仨和一堆玉米秆对抗，为了把它们摞起来，儿子姑娘往来转运，我往一起码放。拎着玉米秆的姑娘被风刮得东倒西歪，儿子皱着眉头龇牙咧嘴。放了一个冬天，玉米秆已经干透，捆扎的草绳一提就断，给儿子姑娘造成许多麻烦。本来想干完，可风越来越大，只好作罢。昨天给牛粉好的料还没倒进缸里，我一个人抱了一袋朝缸里倒，儿子看见过来帮忙，唠叨我："老了老了还要二，把你累着了咋办？"我大笑，和他一起抬着倒了剩下的。

苦累只是生活中的一种形态

　　每天走的路一样，路边的房屋一样，看见的每棵树，都有自己的姿态和伙伴，它们在秋风中消瘦，落叶随风飞扬，结束着一季的轮回。天空已经没有雁群经过，鹰也远遁了，只剩下一群又一群的麻雀，像串门子的妇人一样来来去去。我们在架好砖、供好沙灰的间隙偷懒坐会儿，看着对方脸上的尘土和水泥灰，忍不住哈哈大笑，相互戏言："看看咱们和难民有什么区别？"

　　当我们像男人一样打扮着自己，跟着他们去扛生活重担，一天两顿馒头，一身泥一身汗的时候，在别人看来，是不可思议和难以想象的。女人怎么能这样生活？其实有什么呢？为了生活，这个世界上比我们艰难的人比比皆是，我们有还算健康的身体，有一把力气，有吃苦耐劳的精神，有乐观积极的心态，苦累只是生活中的一种形态，去经历，去面对，去超脱……

我穿着拖鞋走过田埂

　　我穿着拖鞋走过田埂，埂上的八棱刺长得一丛一丛，无数长短不一的尖利小刺隐藏在新结的果实上，像一个个准备战斗的刺猬。我小心地避开这些枝条蔓延了一米多长的霸道植物，唯恐扎了自己的脚。蓬蒿这家伙把自己的枝干、叶子尽可能都舒展开来，和棉花糖一样蓬松，横在田埂上霸占了通行的道路。我跨大步子跳了过去，蓬蒿被脚挂歪了，蔫头耷脑地倾斜，顿时形象颓败。原来它并没有它蓬松起来的肢体那么强大。

　　黄蒿、灰条、水蓬蒿，还有许多不知名的草推推搡搡地挤在一起，争着地盘，没有庄稼的地方是草的天堂。我有点后悔自己穿了拖鞋，那种叫狗牙草的果实不断地粘在我的袜子和裤腿上，像给裤子点缀了一颗颗绿色的小星星，等我到达玉米地的时候，我的裤腿上已经密密麻麻全是这种果实，这种植物比苍耳子还能散播自己的种子。田野里到处都是它们的影子，随时被人或者动物带向更远的地方。

天空飞过两只喜鹊，这是这个地方除了麻雀以外最为常见的鸟类，它们两个在天空换着花样嬉戏，炫耀着彼此的恩爱。

生活逼着我们前进，成长

　　儿子骑着车在院子里转圈，他为一场临近的远行而兴奋。我看着他用自行车画出的一个个无形的圈，心情无比焦虑，却又不能告诉他我为什么焦虑。嫂子们喊我去摘枸杞，这是今年夏天唯一可以挣钱的门路。我迟疑，甚至畏惧，去年摘枸杞败北的场景历历在目，明天去还是不去？ 生活中很多时候都是无尽的选择题，我们以为我们可以选择生活，但其实每次都是生活逼着我们前进、成长。

这个夏天，很多无奈

活越来越少了，今年大部分搭档都失业在家，见面后聊的还是怎么挣钱的话题，可上哪挣钱去呢？所有人都开始计算成本的支出，能用机器的活计坚决不用人，能用人的活计尽量少用人。我们虽然生活在农村，可生活成本和城市是差不多的，柴米油盐酱醋茶没有一样是自己家地里产的，水电费都要掏钱。这样下去，日子咋过？不打工，我们的指望在哪里？我很想找个可以挣钱的活干。

假期了，好多家长半夜三更骑着电动车领着孩子去摘枸杞，顶着毒辣的日头，娘几个一天挣个七八十元。那天邻村一个女人被大车追尾，等被发现已经身亡，而大车司机早已逃逸，无迹可寻。紧接着另一个女人早晨骑着电动车带着两个孩子，一不小心骑进了大渠，车子损坏严重，娘仨都受伤了。隔三差五发生事故，挡不住人们挣钱的脚步，一句话，为了生活。

侄子的高考分数高出一本分数线许多，他却无法选择自己喜欢的院校。好多人给他做工作，让他选择了一所他不喜欢的学校，原因是去这所学校比较省钱。他的父亲已经把腰累成了一张弓，挣的钱却远远不够供养他们弟兄上学。侄子不高兴，却不得不屈从于现实。这个夏天，很多无奈！

初秋的早晨略显凉薄

初秋的早晨略显凉薄，树叶已经开始凋零，阳光透过树叶照进来，斑驳陆离地洒了一地，狗尾巴草遍地招摇，我轻轻地拽了一根，含在嘴里，顿时草根的香甜在唇齿间蔓延，让人舍不得吐掉，落叶也散发着一种自然的味道，清新怡人，我正想感叹一句好美！搭档的声音在耳边如雷般响起："你属驴的啊，嘴里没事嚼根草干吗？"我心里无限悲哀，姐们儿啊，咱能不能有点欣赏自然之美的水平？

忙碌和劳累似乎是永远的主题

忙碌和劳累似乎是永远的主题，踏进家门卸下所有的坚强，就只剩下疲惫不堪。看着天上的星星失神，有瞬间感觉到了一种失落和沮丧。再坚强的人，连续被生活打磨，也会失去信心和希望。我也一样，我累了，生活中的很多磨砺给我的并不只是心灵不断成长，也留下了太多病痛与旧伤。夜半被疼痛折磨无法安睡时，心情也会悲凉。祈盼天亮，那样的自己，听着鸟儿的歌唱起床，咧嘴一笑，我在这个世界，又活着迎来了新的一天，起床，奔忙！

一场秋雨将明媚的季节变得湿冷

一场秋雨将明媚的季节变得湿冷，我打着伞，身后跟着一群羊，慢慢悠悠朝家里挪，羊群后面跟着我儿子和我大嫂，小家伙不知道在学说着什么，惹得大嫂大笑。雨沙沙地打在伞上，遮住了他眉飞色舞的话语，断断续续听见他呵斥那只馋嘴的羊，不让它偷吃路边的玉米。我回头透过雨丝看着他，被雨淋湿了的头发一撮一撮的，估计是他用手整出来的新发型，裤角上沾着走路踢起来的泥土，右手撑伞，左手还拎着几个捡来的玉米棒子，边走边和大嫂说话。

我继续领着羊群开路，远处的罗山笼罩在一片黑云中，天地一色，雨不停地下着，把这片土地霸占成它的王国，随意肆虐。今年秋季雨水过多，惹人厌烦。可天要下雨，是自然而然的事情，抱怨没用，人也一样，总在忧虑这样或者那样未知的烦恼，其实说到底，还是改变不了早就注定的结果！顺其自然说起来简单，做起来却是那样的难！

悲凉的天空感叹着季节的流逝，忍不住哭了，洒了一天的泪水，湿了大地，湿了树木，湿了远山，也湿了女儿的花衣裳。羊不停地咩叫，抗议天空的霸道，这样哭泣，它们怎么出去吃草？谁家的烟囱里飘出饭菜熟了的味道，勾引着我的胃不住地咕咕乱叫。路上的小孩也停止了嬉闹，只偶尔探出脑袋，张望路上有没有同伴的奔跑，一滴房檐水滴进脖子，便委屈地跑回家缩回妈妈的怀抱。这样的天气，让谁欢喜让谁烦恼？

夕阳下，羊儿悠闲地吃草，已是深秋，天略显凉薄，玉米到了收获的季节，一场忙碌即将开始。我始终有些疲惫，抬头仰望，天空已经不时有雁群飞过，它们为追寻寒冷季节里的一丝温暖，执着而坚强地飞翔。树叶摇摇欲坠，只等一场更冷的秋风秋雨，它也要回归大地母亲的怀抱了，树叶没我这般愁绪，不然它会诉说一种喜悦还是哀伤？不知愁的永远是小小的羔羊，欢腾地彼此追逐，还不时对峙，用它可爱的脑袋去撞击同伴……人因为有思想所以高等，也因为有思想而不时痛苦！

难过不？谁知道什么状况！与牛共舞，与小鸡为伴，一对捣蛋鬼纷争从未断，看恶风遮明月，晨暮炊烟起，落雪久不融，儿童雪中嬉，倒坐板凳冰上行，犹如坐冰车，邻家小子哭，手指板凳闹父母，偶有大人闲不住，玩心又起也溜冰，笑语欢声门庭盛，又是一年春！

天微亮，窗外的麻雀不知烦恼地开始了叽叽喳喳的欢闹，似在庆祝雨后又将迎来的开心觅食，我在这群麻雀的快乐叫声中睁开眼睛拥被而坐，客厅传来儿子和女儿抢电视遥控器的吵闹，美好的一天不光有雀鸣，还有这两个小家伙没完没了的纷争和处理不完的农活！哈哈，起床，喂牛，做饭，干活……

在忧郁苍凉的心境中，我听见麻雀在叫，又一个早晨如期而至，太阳还没有热烈地撒泼。能在早晨醒来就去读书，对我是一件奢侈的事情。麻雀在叫，我的牛也在叫。邻居的咳嗽声翻进院墙，他开始了一天的忙碌。儿子砍倒的那棵柳树，蔫了的叶子半死不活在挣扎。村道上凌乱散漫，各种声音被风吹散。

此刻是否还有不曾睡去的人们

　　水哗哗地从水渠流进地里，干涸了一冬的田地发出舒服的声响。躺在田埂上，夜静得骇人，抬头看见天空的云彩如掉进清水的墨汁，晕开一圈一圈的痕迹。疲惫地闭上眼睛，身边的嫂子已轻微打起了呼噜，累了，奔波的女人。夜如此漫长，我们静静守候。水奔流不息，明天又会去向哪块田地？远处的县城灯火阑珊，此刻是否还有不愿睡去的人们？

每年三月都要经历疯狂的几天

为了多挣几块钱，一群人都有点疯狂，不顾天气下雨，不顾体力的透支，更不顾平时的交情，只在田里拼命地铲土，一米六毛钱。下午四点，碰到两个熟悉的女人早早回家，我以为她们没活干了，喊她们来和我们一起干，结果两个女人头摇得像拨浪鼓："不干了，这是人干的活吗？铲土铲得人不像人，鬼不像鬼的，明天就是挣两百我也不来了。"我无奈地笑笑，目送她们远去的背影，继续捞起铁锹铲土、刨葡萄树。每年的三月，都要经历这样疯狂的几天。钱，也许，真是把杀人不见血的刀！

习惯每天回家去牛棚看看我的牛和羊

习惯了每天回家后，去牛棚看看我的牛和羊，看它们贪婪地吃着草料，觉得开心，大点的母羊已经快生了，唯一的牛也孕育着小牛！希望新的生命平安降临！我对搭档许诺，若牛羊顺利生产，定请她们吃喜糖。

六点五十七分

　　今天很难得我还躺在自家的沙发上，阳光穿过树影从后窗照了进来，风吹着树叶动，却给人一种阳光在摇晃的错觉。这种感觉真奇妙，麻雀不知道有什么喜事，叽叽喳喳地吵个不休，我家的小羊也开始闹着要吃草料，在羊圈里一遍遍地咩叫，提醒我它们饿了。我不想起来，离开沙发就是没有休止地忙碌，这个鬼地方，下场雨都是奢望！

一样的雨，不一样的心情

　　大雨，群里热闹，有人说下雨天好，凉快；有人说想去雨中散步，莫负了良辰美景；更有的发了张美图，诗兴大发，好句不断。一样的雨，不一样的心情，文人墨客的眼里是浪漫，雨中奔波劳碌的人眼里是抱怨，在我眼里则是无尽的麻烦。闲人不懂忙人的匆忙，文人不解农人的抱怨，这也许就是层次与差别，各有各的世界，各有各的活法，你走不进他的世界，他也没有你的活法，各自安好，便是晴天！

淌玉米地的女汉子你勇敢坚强啊

夜静得只剩下水流进玉米地里的声响了，一个人待在旷野感觉怕怕的，手机里放着一首韩庚的歌，声音开得很大，借此给自己壮壮胆，月亮在天上慈悲地看着我，可能觉得我和它一样吧，不知道它在天上孤独了几万年是什么心情？反正中国的文人自古就在猜月亮的心思，几千年了也没猜出个所以然，所以对月吟诗作对的风雅我是望尘莫及。

写完这些，韩庚已经扯着嗓子吼完了，手机里传来乌兰托娅的《套马杆》，不由得大笑，怎么就没人给我唱一句："淌玉米地的女汉子你勇敢坚强啊！"刚想到这，蚊子不失时机地在我面前哼哼着，想讨好一下我好吃点我的血，我大怒，两根手指快如闪电般捏向蚊子。武侠小说里的情节被我演成了现实版，蚊子瞬间毙命，不过我比他们还牛，他们是用筷子夹苍蝇，我是用手指捏蚊子，你们说谁厉害？闲来无聊，写来惹大家一笑而已！

晚　风

　　天空的云游荡了一天 / 疲惫了 / 蜷缩在晚霞的臂弯里 / 打滚撒娇 / 叽叽喳喳的麻雀 / 你怎么还不去归巢 / 吵了这么久 / 还有什么问题解决不了 / 我的牛始终安静地吃草 / 那几只淘气的羊儿 / 总是没有饥饱地在叫 / 一天的燥热 / 让人无处可逃 / 夜幕还没有拉下 / 遮不住这无奈的烦恼 / 凉爽的晚风 / 却不知在哪里睡觉 / 请你别再偷懒 / 快来解这烦恼 / 树在等你揪着它的辫子玩闹 / 我在等你带走我此刻的浮躁

被人信任也是一种负担

　　老板回家了，近一百亩河北杨扔给我们两个人锄，浇水后遍地的草开始疯长，两天下来锄得不多。地里有石头，我新买的锄头被石头磕碰得和锯子差不多了。心疼我的钱啊，这就是个吃力不讨好的活，锄得细致费时间，锄得粗糙老板不高兴，还要顶着没活干的搭档羡慕嫉妒恨的眼神，我的压力山大，突然觉得，被人信任也是一种负担！

骑车飞奔于田间小道

　　夜幕将至，骑车飞奔于田间小道，忽略了夕阳留下的最后一抹灿烂。晚风轻抚，吹得路边的玉米叶子沙沙作响。到底是秋天了，汗湿的后背略显冰凉。车子冲上坡后驶进村庄，一股暖风迎面而来，熟悉的气息让人无限向往，有炊烟的味道，也有饭菜的香浓，诱惑着我饿了一天的胃，此时回家吃饭便是最大的满足！

半个月亮爬上来

抬头看见半个月亮从山边爬上来，真可爱，真想摸摸它。风轻柔地吹着，夜寂静而凉爽，守着时间的流逝，看远处的点点灯火，心里坦然而宁静。抬头看看眨眼的星星，淡淡的云彩点缀着夜空，月亮爬得更高了，夜不再那么黑暗，真的累了，好想睡觉！

八月到了终点，夏天已经随风而逝。那个烦躁的季节离去了，忙碌一直持续。身体偶尔欠安，总盼望着哪天结束这种生活，过一点正常的日子：喂好牛羊，梳洗打扮自己，闲坐读书，与儿女嬉闹一会儿，再书写一点文字……若读书累了，就去我的庄稼地里干活，然后回家继续读书。对我来说，如果有这样的日子就足够了。就如这些云彩，简单平静！

时钟报过九点

　　时钟报过九点，我赖在温暖的火炕上，蜷缩在被窝里不肯起来，羊已经添过一回草了，但它仍叫得撕心裂肺。棚上的老板打电话叫我干活，我却贪恋家里的温暖不想去。想想站在三米多高的棚上，冷风刮得人透心凉的感觉我就发怵，去还是不去？心里一直纠结。今年一直忙碌，一直奔波，身心俱疲。突然在想：这个冬天，能不能如一只熊一样冬眠起来？或者让手机欠费，那样就没有人喊我打工了。

早春的晨光

清晨的第一缕阳光透过立起来的玉米秆洒在我的脸上、身上，瞬间缓解了早春的寒冷。我一斧子一斧子认真地劈柴，看着长长的树枝在斧子下变成整齐有序的短节，心里还是蛮有成就感的。感谢少年时在老家山村的生活，我学会了许多生存技能，让我在此后一直很自立，女人会干的活我会干，女人不会干的活我也会干。那段生活让我变得坚强，无所畏惧。身后垒起的石头上卧着我家的狗儿虎虎，它高高在上地安享着阳光带来的温暖。看着它惬意的样子我忍不住微笑，生活的平静与知足只要看看它此刻的神情就可以感受得到。旁边笼子里的小鸡争抢着啄食吃，那笼子是我亲手打造，三面用木胶板，正面用方格铁丝网，顶部是网状的，底下用木棒挨个摆放架空，这是有空隙的，为了让小鸡的粪便从空隙里落下去，免得天天打扫。我特意把鸡笼支起来离地三十公分，利于通风。鸡笼安放在狗窝旁边，万一有野猫野狗袭击，虎虎会护着它们。而喜欢吃肉的虎虎是绝对不会伤害自家小鸡的。有没有朋友为我喝一下彩，夸夸我？

夜晚的蝉鸣连成一片

夜晚的蝉鸣连成一片，蚊子像微型战斗机在耳边轰鸣着徘徊，伺机在皮肉上留下一个肿块后得意洋洋地隐入夜幕中。天空挂一弯残月，在夜幕降临时被乌云吞噬。星星似乎是一瞬间就侵占了天空，三个一堆，五个一群。村庄亮起了点点灯光，狗被黑夜中的异样惊起，狂吠不止。远处那一片灯火彻夜不眠，照亮半边天空。那个叫城市的地方，吸引了多少人的目光。水落地砸出巨大的声响，继而温驯地顺渠而下，欢快地奔向饥渴的庄稼。我们撒在土地里一年的希望就要收获，玉米经历了干旱、虫灾，身躯依旧挺拔。只是那几片干了的叶子，记录了农人的焦虑。我的夜晚，寂静而喧嚣！

一场灌溉和一场大雨拯救了我的菜园

一场灌溉和一场大雨拯救了我的菜园，让剩下的几棵西红柿苗和仅有的两棵黄瓜苗活了过来。还稀罕地开出几朵小花，挂了几枚青涩的西红柿。好吧，乘着露水打理一下它们，人家的菜园快丰收了，我家的才开始挂果，我也算是种了回反季节蔬菜。

雨后的天空湛蓝纯净，三伏的太阳让气温迅速回升，空气中弥漫着湿潮的燥热和泥土的腥气。玉米经历了酷暑和久旱的煎熬，这场雨让它们中存活的得到了暂时的解救，而枯萎了的即使再多的水也无力回天。心情有些低沉，这片土地因为黄河水灌溉而变得神奇，但是有一天没有了水的灌溉，我们的命运将会怎样？很多时候，和生存比起来，有些痛苦就是多余的，活下去，才能看见希望。村道上围着几个孩子，在玩一种简单的扑克牌游戏，大呼小叫，争得面红耳赤。长不大多好啊，没有太多的忧愁，任何时候都可以快乐。换给邻居家孩子的干净衣服又没有了原来的颜色，在一群孩子中突兀显眼，几个大孩子笑话他的衣服脏，他憨憨地笑着不以为然，丝毫没有因为衣服脏而自卑。别人不和他一起玩他也不恼，乐呵呵地看着别人玩。他不会因为自己和别人不一样而不开心。有时候我们认为正确的东西不一定要强加给别人，只要他自己开心就好！

大个子

　　大个子早晨说，这些活中午必须干完，我和搭档翻着白眼瞪他。中午又说，这些活下午必须干完，搭档大怒："你长眼睛没，三个人还有七八亩地呢，有你这样安排活的吗？要不你给老板打电话把我们三个开了换人来干。"大个子被骂得顺着田埂一溜烟跑了。搭档还气不过，和我说："给老板打电话，问这活还能干不？"我拨通电话和老板说了情况，惹得老板大笑，说该怎么干就怎么干，别听大个子的。挂了电话，三个人忍不住大笑。

我在这个没有雨的季节
走不出心情的泥泞

　　天空无数次召集乌云、大风、闪电，想滋润一下饥渴的
大地。可太阳固执地从云层里洒下万丈光芒，坏笑着破坏天
空的苦心酝酿。我坐在地头，看着我的玉米一天天蔫头耷脑，
失去水分，在生与死之间来回挣扎。菜园里的黄瓜刚开出一
朵羞涩的花，就马上被太阳扼杀在瓜秧上。虎虎用爪子在树
根下刨出一个大坑，把自己连头带尾塞了进去，只剩下两只
眼睛在忽闪。唯一的那只公鸡终于扬眉吐气，站在树桠上引
吭高歌。追杀它的对手们，肉被人吃了，骨头便宜了虎虎，
只有它还活着。邻居家的留守儿童满脸泥污，我在太阳下替
他脱掉没有了本来颜色的短袖，看见他的肚子、胳膊上覆着
厚厚的污垢。又为他套上儿子的一件旧短袖，遮住他不想让
人看见的脏。阳光刺眼，他的眼睛一只站岗，一只睡觉，他

咧嘴笑看着身上干净了的衣服。我让儿子带他去洗个澡，儿子一脸嫌弃，质问我："他没爸还是没妈，还是没爷爷没奶奶，为什么要我带他去洗澡。"我一时无语，儿子已到青春期，开始逆反。

这个夏天，太多的愁绪，我的心里下了一场又一场的雨，却无法滋润干涸的土地，在土地上刨食的人，流再多的眼泪都没有意义。

我提着铁锹奔跑在田埂上

太阳照在脸上，一片温暖，风很大，后背有点湿。一块地灌溉好，要把水打进另一块地里。风刮得玉米站不住脚，有些已经倾斜。我在这片土地上拥有自己的八亩三分地，这些地大部分时间由我来耕种。看着一粒粒种子破土发芽，再一天天茁壮成长、开花结果，那是一种幸福的感觉。日子便在这一年年的春种秋收中随风飘然而去，快乐、伤感、收获、失望也会随风而去，简单的重复，又有着细微的区别。风一遍遍地制造麻烦，人一遍遍地面对、解决麻烦。可能这种对峙要持续很多年，那就持续吧，这世界因为有不同的声音而美丽！

给玉米施肥

　　玉米二十天长高了近一米，人进去完全被淹没，施二遍肥就变成了对人的折磨，玉米叶子刷得脸疼，玉米秆碰得手疼，前看不见尽头，后看不见人影，只能推着施肥的车闷头向前，直到被田埂挡住，掉头再来，反反复复在一块地里跟着玉米一行一行走。脑子里一片混沌，头上的汗开始迷眼睛了。擦一把汗，继续走，左手背上的骨节被已经成型的玉米秆碰得疼痛不已。我有些糊涂，施肥车的扶手是平衡的，玉米的行距也是一样的，两只手都挨着玉米秆过去，为什么左手的骨关节被碰疼了，而右手没有感觉？继续走，我看着自己的右手，原来是因为用右手掌托着车把，玉米秆碰到的是胳膊，伤不到右手。而左手紧紧握着车把，恰好把骨关节暴露在玉米秆能碰到的位置，过来过去都在碰，不疼才怪！真是奇怪，一个人的两只手，为什么会有不同的习惯呢？而且不是大脑在指挥，完全是潜意识，好像右手聪明、左手愚笨一样。发现了这个原因，我刻意改变左手的姿势，但新的问题又出现了：避开了骨关节，我无法掌握车的走向了，老碰折玉米秆，试了半天只好放弃，继续忍受疼痛。而右手始终不温不火地那样托着，把所有麻烦都甩给胳膊。

下午的阳光晒得田埂发烫

下午的阳光晒得田埂发烫，搭档们干活累了坐着休息，我枕着田埂躺在大地上，听着她们七拉八扯的闲话和哄笑，脑子里一片混沌。天边的云彩慵懒地一堆一堆凑在一起聚会；两只鸟儿恩爱地从眼前飞过；脚边爬过这样那样的虫子，一只只匆忙地来来往往。我就这样躺着，土地烫得我微微出汗，身体里的疲惫一层一层爬上眼睛，就这样睡过去了，耳边猛然响起一声暴呵："起来！"吓得我赶紧坐起来，原来搭档们已经干了十几分钟活。紧接着就是一阵大笑，我爬起来拍了拍身上的土，骂骂咧咧地混进搭档中继续干活，她们一致威胁明天一定告诉老板开除我。嘿嘿，这话都说了很久了，也没见她们谁告诉老板去。

每抬一下腿或胳膊都像是一场战争

感觉散乱得如同一团打了死结的细绳子，疲惫一点点侵占着身体，每抬一下腿或胳膊都像是一场战争。看着不远处的田埂，远得如同在天边，遥不可及。抬头，伸直胳膊至最大限度，用拇指和食指攥紧一棵树苗，其他手指和手掌辅助，向下使劲捋到树苗的根部，新发芽的幼叶不情愿地与树干分离，流出绿色的眼泪，浸染了手套和树干。一两棵树就可以捋下来满满一把，随处丢弃，树叶在暴虐的阳光下一会儿就被晒得焦头烂额，颓败地结束了短暂的生命，化作树根部的一缕尘埃，将灵魂融入树里。我抬头看着天空发了一会儿呆，身体用不舒服抗议着我的勉强，似乎哪里都是一种慢性的疼痛，压得我有些烦躁。我又感冒了，已经吃了两次药，但效果不是很好。挣扎到又一个土坎上，腿已经不听使唤，一屁股坐下再也不想起来。搭档们揶揄着骂我："你看你和死狗有区别没？"我已经懒得骂回去，挥手示意她们继续干活。我顺着土坎躺了下去，土和枯草可以忽略，只要不扎人就行。太阳晒在身上，舒服得如同躺在火炕上。我闭上眼睛，一瞬间已经入梦，直到感觉有人用脚轻轻踹我才睁开眼睛。拨开脸上搭着的围巾，看见踹我的元嫂子一副"恨铁不成钢"的表情："你个败家娘们，都躺在这半个小时了，也不怕小虫虫钻进耳朵。起来喝水吃馒头，不然我们就给老板打电话开除你。"我咧嘴一笑，伸出手给她，被她扯起来坐着，干粮包已经被其他搭档拎过来了，抹一把头上的虚汗，感觉还是昏昏沉沉的。

固定葡萄树

手在忙碌，眼睛看向远方。在这片广阔的土地上，奔忙着太多讨生活的男女。高60公分、宽70公分的土坎底下埋着小孩手臂粗的葡萄树，盘根错节的潜伏。挑开土坎，清理出壕沟，把葡萄树扶起来。一米六毛钱，两个人一组合作，一人一面。只见土在弯腰劳作的人们眼前快速地分散，落到适合它们的地方。一棵棵葡萄树扬眉吐气地爬了出来，一些枝干上已经有了淡黄的嫩芽……这是一场高强度的劳动，随着葡萄树的纷纷出土，每个人的力量都在流失，只有铁锹铲进土里依旧发出沉闷的叹息……去年的我也和他们一样，为了多挣钱透支着自己的身体。不停翻土，让胳膊肘疼痛、酸麻不已。我以为睡眠和时间会带走所有的劳累和身体的疼痛，然而一年过去，它已经像植入身体的硬刺怎么也拔不出来，时不时地提醒我这就是透支身体的代价。今年很早就下定决心退出这支队伍，无论别人挣多少，都与我无关。我们今天的活是站着用细绳子把葡萄树固定在钢丝上，虽然站得腰疼腿疼，绳子勒得手指疼，但和刨葡萄树相比，这就是在享福。头顶轮流飞过喜鹊、斑鸠、鸽子、麻雀……我一边绑葡萄树一边看它们的欢快身影。水渠上一丛马兰花开得无比明艳，六片蓝色的花瓣里又缀着三片花瓣，花心一点淡黄，在这一片暗黄的土地上孤单突兀，却又那么坚强……收回思绪，一抬头，发现搭档已经远远地把我抛在后面，我大笑："哎，等等我行不？"

我和我的它们

　　春来了，没有明媚的阳光，没有姹紫嫣红的花朵，没有绿意盎然的植物，没有表达季节的春装，一切都挣不脱风的掌控，所有的心情都在随风起落。风中远远飘来做爆米花的小贩串乡时吆喝的声音，通过扩音喇叭显得撕心裂肺，一声赶不上一声。几百人的村子，根本听不出来他在哪个方位，只有那吆喝被风散播得到处都是，或明或暗，或清晰或模糊。我被这吆喝惊扰得乱了心神，烦躁地扔下手中的书，却又听见羊浮躁的咩叫。这群家伙，仗着今年是它们的年份，有草没料叫，没草更是叫，吃饱了还是叫。真不知道应该怎么伺候才能堵住它们的嘴。昨天抓的几只小鸡还没适应过来，羞涩地躲在角落里不肯喝水，看见我进去更是慌作一团，这只踩着那只的背，那只一闪又踩了另一只的头，就这样你拥我挤地像扭捏的小媳妇，三挤两挤，食槽、水盆全被打翻了。两头牛好奇地看着这些没秩序的小东西，伸出舌头刺啦刺啦地舔着槽底。狗儿虎虎厌倦了风的肆虐，居然在玉米秆里自制了一个避风的窝，把自己藏得没了踪影。我以为它又淘气挣脱铁链去寻找它的爱情，大声呼喊，它猛地跳出秸秆堆，摇头摆尾地在我脚下撒娇。我躲避着它的温情，将一碗剩饭倒给它。它三两下就吞了下去，它知道再晚一会儿，风会把沙尘全部刮进食物里。

狗儿虎虎迎风站在最高的那块石头上抬头望着天空，似乎在问天：天天飞沙走石的刮风要干吗？作为回答，风沙更猛烈地从它身上侵袭而过。虎虎无奈地低下头眯起了眼睛，有些沮丧地把脑袋耷拉在爪子上。虎虎在我家生活了十年，平时它都喜欢站在高处很长时间，不知道是在眺望远方还是高处站着舒服。它的一生是孤独的，似乎没经历过爱情，也没有繁衍子嗣，它只是一只恪尽职守的看家狗。小鸡被风刮得东倒西歪，努力在风中站稳。面对风沙，它们可没有虎虎那般淡定。想起昨晚江南的姐姐说她们那里不停下雨惹人心烦，而我们面对的是不停地刮风，所以厌烦的心情应该是一样的。

　　大清早起来去给鸡拌料，没想到被鸡狠狠地啄住手腕，等我将手腕从它嘴里挣脱后，已经留下了一个清晰的鸡嘴模型，边缘连皮都没了，真是只白眼鸡，我伺候你吃喝，你就这样对我，还有没有良心？我疼啊……

　　几只公鸡反了，翻出鸡圈洗劫了我的菜园，西红柿的花散落一地，黄瓜和豆角被踩踏得东倒西歪，薄膜被撕扯得一片一片，还在撕烂的地方刨出一个个坑来。拿棍子一追，昂首挺胸和我对峙，想抓它们圈起来，手刚一伸，一只鸡快速地啄向我的手腕，顿时就留下一个泛着黑红色的鸡嘴印，鸡嘴尖那里有点渗血。几只鸡同时围攻我。我抄起棍子横扫着惊散它们，手腕疼得我不由得皱眉。而它们气定神闲地继续摧毁我的菜园，可怜我的甜玉米，叶子全没了。傍晚，这几个强盗式的家伙趾高气扬地飞上墙头准备休息，我揣了一把剪刀来到它们身边。此时的它们视力不是很好，我挨个偷袭，在它们万般不情愿的叫声中剪了它们翅膀上的羽毛扔进鸡圈。看你们明天拿什么玩翻越。

　　四只公鸡各显其能围攻一只鸡，追得那只鸡四处逃窜，惨叫声不绝于耳。我忍无可忍，拿了根树枝打散了那四只，捉来这一只单独喂养。可这只鸡非但不感谢我的救命之恩，还时常在我喂它时偷袭我，让我无比郁闷，貌似鸡也会被压迫成精神病吧，不然怎么好赖不分呢？

睡意正浓时，被我家的公鸡扯着嗓子打鸣声给吵醒了，醒来看看时间，才四点半！你们咋一点都不敬业？还有没有职业道德？要不就是周扒皮又撺腾你们了。鸡刚停止它那悠扬的声音，狗又开始了撕心裂肺的狂吠，这觉还能睡吗？你们眼里还有没有我这个领导？

我有点自责，那天我看见欢欢号叫着蹿了出去，我以为只是两只狗在嬉戏，就没有管，可一天时间我都再没看见欢欢。紧跟着，欢欢的孩子阿黄不知道被什么袭击，惨叫着奔回家横死在屋檐下。欢欢没有出现，又过了一天，大花和小花也莫名失踪，只剩下小黑一个在转悠。敏感的小黑刚学会号叫便不停地吠着，不知道它的姊妹和妈妈去了哪里。今天早晨，小黑也不见了，我到处寻找，在不远处的水渠里找到了欢欢发臭的尸体。除过横死的阿黄，其他三只小狗肯定也被什么东西袭击了。我有点怪看门狗虎虎，它怎么就不保护这几只狗崽呢？是不是不是它的孩子它就不管。往常一到后院它们几个就在人脚下绊着，可今天看着空荡荡的后院，心里不禁还是哀伤了一下。

拌完草料，关好羊圈门，才发现水桶忘了拿出来。儿子撅嘴抱怨，我讨好地和他道歉，准备翻过一米高的墙去拿。儿子拽着我的胳膊叹口气："还是我翻墙进去吧，您老人家一大把年纪了，老胳膊老腿的，蹿上跳下多不方便。"说完用手撑住墙一跃进了羊圈。我那个郁闷啊！什么时候我在他眼里已经一大把年纪了？看着他递出来的水桶，我有些不愿意接。他大笑，把桶放在圈墙上又跳出来。一只手提着桶，一只手拽着满脸不高兴的我离开。顺便又提醒我："今天这事就别写你空间了，让你网友看见又笑我。"我笑了，你们笑了没？

和儿子一起抓住小羊喂药，他把这只小羊叫"大眼睛"，我一看，还真是，眼睛比其他小羊大。羊妈妈似乎怕我们伤害它的孩子，使劲挤过来看，挨到儿子脸上后用鼻子嗅嗅，还准备伸出舌头舔儿子的脸。儿子甩着头躲开，大声冲羊说："连你也知道我帅啊！但是也不用表达得这么明显好不？"

一只小羊腹泻，我和儿子给它喂药，强行掰开它的嘴，把药用食指塞进羊嘴里，它像嚼豆子一样慢慢吃了，又塞一粒进去，还没来得及拿出手指，它就开始咀嚼，我惊叫着从它嘴里夺出我的食指，一股钻心的疼痛蔓延。我龇牙咧嘴使劲甩着手想缓解这种疼痛，儿子皱眉看着我："哭吧，我不会告诉别人的，哭出来就不疼了。"那只小羊一脸无辜，歪着脑袋继续嚼着它的药，一副事不关己的样子。再看我的手指，一丝血顺着指甲缝渗出，羊居然能把人的手指咬出血，实在是够奇葩的。

我不忍去看你的眼睛，迷茫、痛楚、无神，瑟瑟发抖的你摇摇晃晃，还在看着草料挣扎。你可知道为了一口吃的，你付出了多么惨重的代价。你孱弱、稚嫩的身子，怎能挨得起棍棒？此刻我好恨，而你已经忘了敲打你的那个人。作为一只羊，你无法说出自己的伤；作为一个人，我恨自己，没有一双保护你的翅膀。我不明白，下手的人，作为人的高贵在哪里？

看门狗虎虎欢喜地撕扯着羊头，血肉模糊中已经找寻不到小羊没有闭起来的眼睛。天空万里无云，太阳暴虐地炙烤着大地，羊群没有因为失去了一个成员而不安，它们继续吃草、喝水、咩叫、哄抢。血腥味惹来一只流浪狗远远观望，虎虎大怒，龇牙狂吠，警告这只狗远离，流浪狗守候了一会儿看没有希望，不甘心地一步三回头地顺着田埂走了。虎虎继续吞食起来。明天，羊头骨就会被完整地剥离出来，孤单地甩在一旁，被淘气的孩子踢来踢去。一只羊，就这样结束了它的一生。

眼睛一闭,我的世界一片混沌,陷入无边的黑暗,那个世界挺好,没有争吵、嫉妒、劳碌……我就那样沉睡过去,很久,很久……突然,被羊撕心裂肺的咩叫声吵醒,它们可能吃完了草。鸡被小狗撵得狼狈逃窜,夸张地大呼小叫,连平时安分的牛也跟着凑热闹。我听见拴牛的杠子被牛扯得当当乱响。鸡该添水了,牛羊该添草了,狗也该喂了,醒来的世界如此纷扰,此刻,我多想继续睡觉。

天还没亮,麻雀就开始在我们炕头上方扑棱棱地展翅锻炼。今年这房子没收拾,四面漏风,麻雀也乘机在漏风的地方筑巢安家,生儿育女,还时不时穿墙越道来屋里串门。这些也不算啥,邻居嘛,总要来往一下。可这家伙你飞就飞呗,我听见吧嗒一声,一看是它在被子上拉屎了。顿时觉得心里不平衡,它在我家来去自由,我一次也没打搅过它。有这样一个邻居,人睡觉还有安全感吗?万一它哪天再不高兴了,吧嗒,这鸟屎是落在我脸上还是落在我饭碗里?

我数次帮它把倒置的鼻环转换过来,它数次又折腾着倒过去,看着鼻环倒置把它的鼻子斜斜磨出一道暗红的伤,心中恻然，忍不住又去帮它。它叉开四个蹄子使劲向后拖自己的身子，可鼻子的疼痛又使它不得不向前伸长脖子。我转动鼻环时感觉到它轻微的战栗，虽然不忍心，可还是从它的鼻孔中拽顺了鼻环，找了绳子又一次固定在它的额头，它伸出舌头舔了舔鼻子，好像在自我安慰刚才转动鼻环扯出的疼痛。看着吃草的牛，我一直在想，我们只知道给牛扎鼻环，却不知道牛是什么时候被人这样驯服的？人是经过多久的摸索才掌握了控制牛的方法，而且让比自己力气大许多倍的牛俯首帖耳，这其中经历了尝试和牺牲没有？民间文学的缺失和文化的闭塞让多少这样有意义的事情淹没在滚滚红尘中没了踪影？那第一个给牛扎鼻环的人是谁？第一个打制鼻环的人又是谁？

挥手相送，此生不见，人和动物的情谊只有这么一点，即使不舍，也终归要面对离别的这一天，说不忍心或者难过都是在给自己找一个良心安宁的借口。即便挥刀的那个人不是自己，可在牛消亡的过程中，我们也是隐形的"屠夫"。

拿起干活的棉衣，一股灰尘与霉变的稻草混合的气息，说不出什么感觉。用力甩在墙上拍打，让这种气息淡化一点。天气阴沉着，平日吵闹的麻雀怎么一只都不见？那只鸽子还在吗？儿子抓住它喂养了一天，我见它孤独，怂恿儿子给它自由。谁知道它却盘旋屋顶，既不落地安家，也不肯离去。儿子对我一通白眼，怪我害这只鸽子无家可归，我讪笑。好在院子里散落着玉米粒，它也不至于饿着。坐等搭档电话，马上又是一天的奔波，希望今天不太冷。早安，朋友们！

生活依旧

　　告别繁华，告别朋友，回到红寺堡，好事连连，看着简姐姐寄来的书和棒棒糖，满满的温暖和感动，人生中太多的真情，且行且珍惜。回到家里，拿出杂志给母亲看，母亲很开心地拿在手里看了半天，虽然眼睛已经不是很好。儿子抱着杂志埋头读起来，我大笑。他委屈地抬起头："妈妈，你赶紧给咱做顿饭吃吧，这几天老爸天天给我们吃方便面，我都吃得反胃了。"呵呵，包一扔，赶紧给我儿做饭吧。吃晚饭时刘总打电话问我回家没，要回了给他明天干活，我笑他是神仙，能掐会算。出去随便喊了一个搭档，明天上工去，日子依旧云淡风轻，一天天快乐依旧。

秋天的村道一片寂静

　　秋天的村道一片寂静，人们都忙着收拾地里的玉米秆。一个小孩无聊地把自己放进纸箱里，一会儿蹲下，一会儿站起，把纸箱当成自己心爱的玩具，尽情地消磨大把的时间。一座新房子正在修建中，十来个人忙活着，瓦刀在墙上敲出叮叮当当的声响。

　　此刻我想睡觉，抛开文字，抛开书籍，忽略电视的嘈杂、网络的提示音。这个季节，晚上安稳的睡觉是一种奢望，一两个小时后我就得醒来，强忍着疲惫不堪起来坐着，只能坐着。胳膊自肘部到手指都好像不是自己的，麻木、疼痛、肿胀。血液自肘部似乎被无形的力量阻断了，只有坐着，把手臂垂直，这种难言的疼痛才会缓解。稍微不疼，靠着墙就会睡过去，可没一会儿，疼痛继续来袭，又要坐着才可以。一整夜几乎就是这样躺会儿、坐会儿熬过来的，天亮了刚能安睡，闹铃又响了，新的一天开始了，带着夜晚没有修复好的伤痛继续劳作。然后在下一个夜晚持续更痛苦的折磨。这个季节，药店的止疼药和伤湿止痛膏是最热销的，女人们内服外用，只想晚上睡个安稳觉。但这只是奢望，我一直郁闷这个季节为什么要这样忙碌，女人们，咱们慢一点不行吗？为什么要逼得自己鸡飞狗跳，伤痕累累？忙完这一季，我们要用两个月来修整自己的伤，可是第二年，疼痛依旧……

两只苍蝇

中午回到家，端着做好的饭在屋檐下吃起来，刚吃了两口，两只苍蝇在我面前秀恩爱，哼哼唧唧舞个不停，哼着哼着忘乎所以一头栽进我的碗里，在饭汤里扑腾了几下就玩完了，临死还爪牵着爪。苍蝇啊，你们是死都不会分开了，可我呢？我就做了一碗饭，我容易吗？只能吃方便面了。

远处的田野

远处的田野 / 玉米一溜溜在排队 / 在风中摇头晃脑 / 向前看齐 / 野鸡一遍遍地嘶鸣 / 发出求偶的讯息 / 流浪狗追逐着野兔 / 惊起一路尘埃 / 苜蓿花开得正艳 / 殷勤地招待蜜蜂 / 几个大笑的娘们 / 挥舞着锋利的铁镰 / 远处那个单身的男人 / 抱着锄头玩着手机 / 在那个虚幻的世界里 / 可有他需要的那个人

小毛病时不时滋事挑衅

一阵剧烈的咳嗽让我从睡梦中清醒，喉咙里好像有千万条虫子在爬。使劲咳，直到慢慢平息下来。摸出手机，时间刚过凌晨。窗外万籁俱寂，屋内只听到三个人的呼吸。醒得匆忙，忘了梦里在干什么，残存的梦境拼不出一个完整的故事或者场景，我就这样丢失了我的梦。嗓子里已经没有了诱导咳嗽的酥痒，炕今晚不是很热，但是也不冷。身体一直在不痛不痒地不好着，小毛病像一个看上我家田地的恶邻，时不时滋事挑衅，企图让我妥协，但是那是我全部的本钱啊，我只好打起精神和它斡旋，挣扎着好好生活。

炕很暖和，被子很厚，密不通风地压在我的身上，我侧身躺着，这是我平时最习惯的睡姿。一切应该是舒适的，然而，在这个特殊的日子里，全身处于一种慢性疼痛的状态。被子于我成了负累，压得我哪里都不舒服。我换了个姿势，平躺着，被子更重了，小腹一侧似被人用手揪着来回扯，手脸都是肿的。这种状态有多久了呢？七八年了吧，每个月会有一次，我只是奇怪自己为什么会忘记？是疼得久了麻木了，还是自己不愿意记住呢？

此时的自己，是希望有人从背后环抱着，用温暖的手焐着我的小腹，帮我揉一揉。呵呵，多么美好的时刻！

静谧的时光中，夜晚带走了所有的疼痛和疲惫。花开了，春却没有暖起来。火炕一如既往的忠实，燃烧了一夜仍然散发着热情。远处传来几声犬吠，屋后的喜鹊没等天亮就开始报喜，不知道今天会有什么好事？天亮了，起床，忙碌。早安，朋友们。

这个季节被人描写成天高云淡、秋高气爽、硕果累累……咋就没人提笔写写农民的辛苦、劳碌、疲惫和无奈呢？

天上的星，远处的灯，等水的玉米，无眠的人，鸣叫的蛙，逃窜的鼠，游走的爬虫，遥远的梦！

当天空的雁鸣提醒人们已经到深秋时，一年的光阴就这样随着雁群远去，我们把明天、后天、大后天……因为一句承诺支付出去，然后一天天计算着，哪天可以忙完这个季节，让自己松口气。

▼

我爱这个地方

离开繁华的城市，回到我的乡村，我的乡亲们用热切的话语迎接我。看着我的乡村，我的邻居，心里温暖，无论我走多远，这里始终是我要回来的家。

我爱这个地方

　　细雨蒙蒙，看着窗外雨中的远山，蜿蜒的小路，疯长的绿色，泾源的风景如画。突然觉得自己错了，我以为的江南美景和这里有什么区别？每次回到这个地方都忍不住伤感，我不知道为什么会有这种情绪。我所有的亲戚、朋友、同学、老师、故人都在这个地方，我回来难道不该欣喜和快乐吗？但每次我都被忧伤笼罩，内心孤独，无法言说。我想我在怀念黑眼湾，怀念我们翻山越岭为生活奔波的日子，怀念我逝去的童年，怀念为我们家劳苦了近三十年的那头白驴。还有很多很多情愫纠缠在一起，说起来太多。我爱这个地方，也爱这个地方爱我的人。我想，如果我老了，能在这里安度余生，最后埋骨青山绿水间，此生就不会再孤独。

大地像被太阳生起来的火炉

　　大地像被太阳生起来的火炉，边边角角都是热的，烘烤得玉米拧成了绳，麻雀心烦气躁地狂叫，树叶无力地随风摇晃，狗儿缩在阴凉处打盹。

原　野

　　沿着一条砂石路 / 缓缓地转了一个弯 / 去向原野 / 一望无际的辽阔 / 路两边的玉米 / 骄傲地炫耀 / 秋的季节 / 是它们的盛典 / 一只只蚂蚱 / 愉悦地蹬着自己的长腿 / 蹦跶在原野 / 表达着自己的欢喜 / 那些调皮的瓢虫啊 / 也不安分地乱飞 / 落在小孩的手背 / 你看那个孩子 / 竖起食指 / 让瓢虫爬上指尖无处可去 / 它只能被迫继续飞翔 / 看着它壳下小小挥舞的翅膀 / 迎着太阳 / 散发出美丽的光芒 / 孩子的眼里充满了幻想 / 什么时候 / 自己也能和它一样 / 挥着翅膀去远方 / 那些沉默的蛐蛐 / 也不在继续隐藏 / 随处可见的小虫虫 / 惊吓了谁家胆小的婆娘 / 一声尖叫 / 惹来一片大笑 / 红了的高粱 / 也被逗得笑弯了腰 / 秋的季节只要寻找 / 原野就有太多的美

这里的春天，
要用心去欣赏风的豪迈澎湃

　　暖和了一个冬天，一转身，春天在一场场雪里翩然而至。或许把太多的温柔给了冬天，所以在春天里，季节板着脸像更年期的怨妇，脾气阴晴不定。连风都跟着春天的坏脾气满世界的蹦腾，刚掀翻秸秆垛，就去揪杨树的辫子，才把牛棚上的塑料纸高高扬起，转身就钻进院子里嬉戏孩子的纸飞机。喜鹊懊恼地站在杨树枝上大骂，昨天刚加固的巢，今天又被刮得七零八碎。狗儿虎虎龇牙咧嘴地生气，狗食槽里满是沙尘，让它怎么喝水？只有我家的妞是个傻蛋，骑着自行车穿行于风里，沙尘打得眼睛都睁不开，她还能笑得没心没肺。朋友发的图片，在富春江边赏梅，而这里的春天，要用心去欣赏风的豪迈澎湃。

雨停了的村庄

雨停了的村庄，空气清新湿冷。用棉衣把自己裹紧，站在门口看着村道上打沙包玩的孩子们，他们蹦着跳着，笑着闹着，追逐跳跃，闪移腾挪，玩得尽心尽力。一个沙包，承载了他们所有的快乐。已近下午，一层薄薄的炊烟飘在各家屋顶，一会儿该响起母亲站在门口呼唤孩子回家吃饭的声音。鹅黄色的柳叶细碎地挤在枝条上，密密麻麻装点着整棵树，也为村道添了唯一的一点春色。连续两场春雨催开了杏花，一朵挨着一朵争相绽放，绚丽而风情。这里没有连片的杏树，所以看见的杏花是突兀醒目的，周围没有一点绿意，只盛开着娇艳的花朵。时常感叹大自然的神奇，它让花送来春天，先明艳人们荒芜了一冬的视觉，然后让绿叶填补花谢后的失落，多好。我们的春天，姗姗来迟，却与众不同。

故乡，永远回不去了

冬天闲散的一天，我就这样慵懒地用被子把自己裹着，坐在温暖的土炕上，看着窗外暗淡的天空、惨白的云彩、苍凉的白杨。屋脊上飞来一只喜鹊，左右观望着两边装饰的瓷鸽子，疑惑这两位干吗不展翅飞翔？我听见邻居家患有老年痴呆的老太太又在大门口呢喃："唉，怎么就没人把我领回老家去啊？"她每天都这样叹息，每天都在门口观望，她总希望开门的一瞬间，看见的是老家的山水、老家的邻居、老家的儿孙、老家的那只看门狗……可惜她再也回不去了。包括我们，我们的孩子，都永远回不去了。我们这辈子都没有了故乡，只剩下怀念，只剩下午夜梦回故乡的惆怅。

黑眼湾已经不在了

黑眼湾已经不在了，永远都不会再重新存在。我在远方念念不忘的只是我记忆中的那些美好，如果让我重新回到黑眼湾生活，我会不会像小时候一样痛恨大咀山，痛恨走不完的山路，痛恨山那边还是山，痛恨出山一趟别人异样的眼光？我想一定会，我记忆中的美好和丑恶是对半的，离开这么多年，丑恶已经慢慢淡去，只剩下美好的回忆，那山，那水，那驴，那村庄。远处的风景已经变了，我还在奢望那些美好一直存在，我想我是狂妄且无知的，失去的终究已经失去，即使我心里留恋着美好，而美好终究只是我的一厢情愿。我想，我应该挖个坑，将我所谓的美好都安葬，从明天开始，做一个快乐的自己。面向远方，心怀温暖。

想念黑眼湾

　　1996年的整个夏天，家里所有人都在锄地，把我腾出来让我游荡在山里。我一个人，背着自制的背包，顶着大太阳，恨不得把山上所有犄角旮旯都翻一遍，只为寻找一种叫蕨菜的植物。就在那几年，蕨菜在我们老家成了商品。往日随手折来用来填补穷苦光阴的野菜一时间比庄稼地里产出的粮食值钱。于是每年那个季节，人们纷纷在山上折蕨菜，起初是用手折，可渐渐为了增加收益，添点斤两，大家开始拿铲子铲，被铁器伤了根的蕨菜在山上少了起来，像前几年拿麻袋往回背蕨菜的日子一去不复返，往往一个人进山转上四五个山头也收获不了几斤蕨菜。可这仍然是我们在夏天获得收入的一项副业。自从蕨菜能卖钱，它就从我们的饭桌上消失了，谁都舍不得再吃这么奢侈的野菜。之后移民到红寺堡，更是与蕨菜绝缘。今天重新看到蕨菜，勾起往日种种回忆，曾经我们能卖一块钱的蕨菜现在涨到了八块。不禁哑然失笑，这辈子恐怕都不会再出现一家人围着一大盆拌好的蕨菜大快朵颐的情景了。想念黑眼湾！

红寺堡之春

红寺堡在春天的季节里，却没有春的景，犹如冬的肃静，却被风撩拨得心神不宁，家家后院堆积着玉米秆，现场十分凌乱，那是牛羊一年的伙食，觅食的流浪狗东奔西走，左窥右探，聚集在村庄四周，伺机寻一口果腹的食物。一只狗发现了丢弃的羊头骨，兴奋地叼起落荒而跑，身后群狗沸腾，扬起一溜沙尘。

起风了，天气瞬间清冷起来。我坐在窗前，看着窗外，两只喜鹊在杨树梢上忙忙碌碌，修补着漏洞百出的巢。多嘴多舌的麻雀没了踪影。邻居房顶上的瓦横是横行竖是竖行，整齐地覆盖着屋顶，二十米长的屋脊做工精细。五间大瓦房里住着老两口，这是他们儿子花费数万元修建起来的。老两口只住着一间房。其他的空置着，灰尘、老鼠、小虫子、杂物住着其他四间。修建房子的人早已埋骨黄土，老两口还活着。屋脊上悠然落下一只斑鸠，被风吹得呆头呆脑，迟疑着不知何去何从。作为装饰的两只瓷鸽子，保持着一成不变的姿势。

夜晚的风呜咽着在窗外的世界肆虐，院子里的饮料瓶子哐当哐当满院子滚，我又被风吵醒，屋里弥漫着一股土腥味。风来得毫无征兆，天亮也去得没有踪迹，睡醒的人看着干净的院子才知道晚上刮风了。早晨不用扫院子，一夜的风已经让土和玉米叶子堆在了哪个拐角处。你也别高兴得太早，有时候你刚扫了院子就起风，塑料袋、玉米叶一股脑翻墙蹿户，把你扫干净的院子弄得乌七八糟，让你哭笑不得。春天的风，像个调皮任性的孩子，虽然没几个人喜欢它，可又不能忽视它的存在。

天气酝酿了很久很久，在黄昏时分落下了雨，呼吸着空气中湿润的清凉气息，感受着春天姗姗来迟的脚步。十几年了，红寺堡的春天飞沙走石，狂风肆虐。今晚落雨，见证了红寺堡移民和自然抗争的历程，在春天落雨，在这个半沙漠地区是一件多么幸福的事情。今天看见垂柳幼稚的嫩芽在狂风中摇曳，如新生的孩子用新奇的目光打量着世界。九娃姑姑在路边栽种的一排七叶花有的冒出了几片叶子，看见没出来的，九娃姑姑拿棍子在她熟知的地方小心拨弄着，给松松土，好让它们一起茁壮成长。旁边稀疏地蹿出几棵草苗苗，姑姑不舍得伤害。一片荒凉的土地上，早春的绿色是奢侈的。暖炕很暖，雨还在下，明天更好。祝福春天，祝福红寺堡！

泾源，我心里永远的天堂！

　　听二姐说老家下雪了，心里的温暖在一瞬间蔓延。那个银装素裹的世界是生我养我的地方，山清水秀，四季分明，春有桃花烂漫，夏有满山翠绿，秋有累累野果，冬有无限雪景，所有的风光都不曾重叠。生活在那里的人们简单淳朴，豪爽大气，自离开不知道有多久未曾看见过那样的美景，心也随着平原的坦荡不再有那么多的感悟。好想回去看看，好想漫步在白色的天地间，让雪洗去心灵的浮躁，让心情再从容平淡一些。泾源，我心里永远的天堂！

消失的露天锅灶

一天，一个朋友问我："你们泾源人是不是有在露天盘锅灶做饭的传统和习惯？"我大呼冤枉，露天锅灶是泾源人移民红寺堡后衍生的特殊产物，和传统、习惯扯不上任何关系。

想起初到红寺堡的时候，一片荒凉，每家分到的只有一块宅基地。变卖老家所有的产业也不过是在宅基地上盖上两间人住的房子。盘一方土炕，支一块案板，搬一些简易家具进去，屋子里已经没有地方可以盘锅灶。冬天还好，可以在火炉上凑合。可一到夏天，室内温度高达三十度左右，做饭成了一件困难的事情。那时候，村民中可还没有流行开电磁炉、电炒锅。即使有，也怕费电舍不得用。

有了困难就会有解决困难的方法。有人在室外墙角找个避风的地方随便盘个锅灶，先解决夏天的吃饭问题。大家一看这个方法不错，纷纷效仿。一时间，乡亲们一家一个室外锅灶。几块红砖，一堆泥巴，谁都可以垒一个。沙蒿草、葵花秆子、玉米秆曾经是我们做饭用的主要柴火，那个丑陋的室外锅灶像个憨实、不挑剔吃食的大肚汉子，只要塞进去柴火就能烧开水，做好饭。

可是这种锅灶也是有弊端的，做顿饭女人来回的小跑着，加了盐去拿醋，放下醋又找味精，一顿饭做好，女人们也跑得腿酸。一遇到刮风下雨，锅灶就像耍脾气的小媳妇一样罢工了。

这种锅灶陪伴我们度过了搬迁红寺堡后最艰难的十来年。也让别人以为泾源人一直是这么做饭的，可但凡日子好点，谁愿意在露天做饭。

如今，大家的生活安定了下来，住房宽敞，日子渐渐富裕，每家都有了新厨房。曾经我们赖以做饭的室外锅灶永远退出了我们的生活，而曾经在这片土地上艰苦奋斗、生产生活的日子我们又怎能忘记？

蒸　鸡

　　曾经和朋友说起，我们老家的一种特殊的鸡肉烹制方法——蒸鸡。朋友大感稀奇，鸡肉怎么可以蒸着吃呢？

　　呵呵，鸡一只，土豆数颗，用开水烫面做个面饼，土豆切丁，根据人口多少自由支配鸡肉，剁成块，用盐和花椒面、味精、葱花、食用油腌制十几分钟，土豆丁也用上述作料拌好，稍微加一点面粉，鸡肉腌制好后多拌点面粉，以面粉糊住肉块为佳，然后把土豆丁倒在面饼上，鸡肉摆放在土豆丁上，上锅蒸，一般蒸四十分钟到一个小时，时间长短要看鸡肉的鲜嫩程度，你可以试试，人少食材就少放。

赵已然，你是宁夏人的骄傲！

　　偶然，加了宁夏日报作者群。昨天我问这些文人，谁知道赵已然？二三百人无一人回应，这个被称为"音乐之王""中国最好的布鲁斯吉他手"的宁夏人就这样被宁夏人遗忘着。如果说他没有名气，那么人们应该知道许巍和朴树，赵已然是和他们同时代的杰出音乐人，只不过他有自己对音乐的坚守和追求。当别人在繁华的都市用音乐赚得盆满钵满时，赵已然固执地坚守着对音乐的信仰，诚如他所说，他越搬越远，穷困潦倒，只剩他一个人，一双拖鞋，一把牙刷度日。生活全靠亲友接济，他真的穷得只剩下音乐了。如今的赵已然身患重病，可仍然拒绝别人为他捐款。人居然活到如此纯粹的程度，纯粹到他的世界只有音乐没有生活，而这样的他终究被社会抛弃了。我想，每一个才华横溢的人都是从天堂里偷跑出来的精灵和宠儿，他们的精神高度永远是被世间的凡夫俗子所仰望和不可企及的，祝福赵已然，你是宁夏人的骄傲！

祝福赵牧阳

　　一曲荡气回肠的《侠客行》，一个历经沧桑的中国知名音乐人，当他重返舞台再次把他的音乐才华展现给观众时，所有人都被惊呆了。而为他现在的状态感到最开心的，可能就是他的家人，祝福现在的赵牧阳，祝福在他身后支持他的所有人。

难得下雨天

难得下雨天，清闲是大家都渴望的事情。很多人早饭吃过就倒头大睡。我因为早起喝茶的缘故，没有一点睡意，改了一篇稿子。午后搭档打来电话，让我去她家，我问有好吃的吗？说你来就有。去了果然有，切好的西瓜，泡好的茶，酥脆的麻花。大笑着被迎了进去。好久不见，搭档清瘦许多，我斜倚在她家沙发上听她说话，欢快而诙谐。坐了一会儿，她说有点肉给我炒菜吃，我极力拒绝，可架不住她的热情。她去做饭了，我的瞌睡来了，抱着一个靠垫睡着了。等搭档再喊我时，茶几上多了一碗青椒炒肉。这日子，要天天这样滋润多好。

早安，美好一天的开始

天空阴沉着脸，昨日的明媚不复存在，几只麻雀跳跃在屋脊上，似乎在商量去哪里觅食。一只野鸽子优雅地落在高压线上注视着麻雀的吵闹，转身又投入辽阔的天空，突然想到：是不是从这个世界有生物存在开始，就已经预示了这个世界未来的发展，而赋予鸟儿一双特别的爪子。让它们在这个高压线纵横的世界里得以生存。柳树掉光了最后一片叶子，萧条地矗立，迎接冬天最残酷的寒冷的到来。馋嘴的羔羊总想去吃院子里散落的玉米，享受味觉不仅仅是人类的专属，动物也有这个欲望。早安，美好一天的开始！

风的恶作剧

　　季节多风，人心浮躁得如烟囱里冒出的烟站不住脚，被寒风嗖一下刮得没了踪影，鸟儿低调地待在树上张望，想去觅食又不敢飞翔，生怕被这狂暴的风刮得迷失了回家的方向。流浪的狗儿们组队漂泊，井然有序，前面带队的是一只壮硕的土狗，后面一溜小不点儿，估计是它招揽的难兄难弟，更或者是它们一家子。风让旷野里能被带动起来的所有东西都随它起舞，树枝、枯草，还有塑料袋。你看：天空中那一个个红的白的绿的蓝的如热气球一样漂浮的东西是啥？那就是风的恶作剧。

早晨八点钟

早晨八点钟，学校孩子跑操的时间，"一,二,三,四"喊得整齐有力，隔着八九百米都能听见。牛羊的草已经添好，馋嘴偷跑的小羊被我追回羊圈有些不情愿，咩咩叫着不肯吃草。返回屋子，与外面的寒冷隔绝，我的包子已经上锅蒸了十几分钟，锅底的米汤发出欢快的咕咚咕咚声，提醒我饭快熟了。吃完就要开始一天的做工、生活，在冷风中和搭档笑着闹着奔波着，除去寒冷和劳累，其他的都是快乐，每个冬天都是这样度过，早安，勤劳的人们！

该怎样去定义贫穷

贫穷有错吗？应该去怎样定义贫穷，去理解和正视贫穷。这是个值得深思的问题。在群里，一个知名作者说我："穷成这样还上网，真有你的。"我不知道这句话是褒义还是贬义，但是我开始不淡定了，我反问他："您的意思是我该去乞讨吗？"这样状态下的我是不理智的，所以在群里固执地表达着自己的观点，招致大家的劝说和大道理，我固执地回绝："我不需要谁来教我怎么生活。"是的，就算大家都是好意我仍然拒绝，贫穷不是谁的错，在这片土地上生活的我和我的乡亲们，用勤劳的双手在努力改变着自己的生活，我们没有偷没有抢，没有扰乱社会治安，只在贫瘠的土地上安享自己的劳动成果，你富足我们不羡慕，我们贫穷也无须你悲悯。有错吗？穷和富只是一种生活状态，特别是我们这种因地域造成的，用狭隘的思维来定义，是不是太偏激和有失公正？

昨夜梦回黑眼湾

昨夜梦里回到了黑眼湾，站在瓦窑坡上远远看着阳山洼。草木没有发芽，漫山的桃花却在竞相开放，一片粉红的艳丽。心里的感动和欢喜满满地溢出来，只是桃花明明近在眼前，却又遥远的不可触摸。一时惊醒，窗外夜风依旧呜咽。

小 别 离

　　雨中，离开，故土青山绿水，旧友盛情款待，在今天，又随着车轮的滚动成为记忆，我始终难以洒脱起来，在一种悲凉的情绪中沉迷，对于这里，我始终无法掌控自己……

柳树地

狂风四起，终于离开刺槐地，到柳树地里继续修剪，可又被柳树晃来晃去晃得头晕。"呵呵，这世间凡是和钱沾上关系的，都没什么好结果。"几个女人抱怨声四起，我大笑："你们这帮败家娘们，既然爱钱就必须忍受这些困难，你们家舒服，可没人给你钱啊？"我的话惹来一通白眼和抢白，她们狠狠地威胁我，说要明天建议老板换领导。哈哈，我才不怕，这句话都说了几年了也没舍得换我啊！还说要联合起来揍我一顿，不过也从没兑现过。我就这样嚣张地在她们中间混了好几年了，还不错吧！

若能，真想把中国农业银行都给你们

听同龄的女人哭诉自己的不幸，在三十多度的天气里我觉得自己浑身发冷。胃癌，五个孩子，没有本地户口，没有低保，前一次手术已经花费十几万，好了不到两年，现在癌细胞转移到胰腺。她把病情扩散归结于家里穷，手术后没休养好。她期望有好心人能救她一命，能帮帮她的五个孩子。

我不知道说什么好。在外面的世界里有太多和她一样无助的人需要帮助。突然想起诗人刘岳的一句诗："原谅我，我不是菩萨，我不济世，若能，我真想把中国农业银行都给你们！"

你看这季节多美

中午和朋友坐在田埂上休息，她靠着我的肩说了一句话："是季节的原因还是人心情的原因，为什么心里会觉得这么凄凉呢？天空都灰蒙蒙的！"我大笑着随手折了几朵蓝色的野花递给她，说："妞，是你的心不愿意热而已，你看这季节多美？"她闻着花也大笑起来！

我于每个黄昏时分安坐于窗前

当我于每个黄昏时分安坐于窗前，都会看着窗外栽种了十几年的杨树，一天的时光就这样过去了，无所得，亦无所失，听见村道上孩子们闹腾着，追赶、嬉闹、大笑……我们这辈人的精彩已经远去，只能听着、看着，为逝去的青春哀叹，为荒废的年华伤感。我猜那几个迟暮之年的老人看见孩子如此闹腾，心里定是反感的，肯定也是嫉妒的。人老了，喜欢安静，祝福黄昏，祈盼黎明。明天肯定会更好！

搭　档

　　搭档千叮咛万嘱咐地打电话，昨天一次，今天中午两次，下午又是一次。打这么多电话只为让我去吃顿饭，她家宰了一只鸡待客，特意给我留着。我本来是不喜欢这种场合的，可拗不过她的热情，吃过晚饭后才去赴约。走到半路她又打来电话，我挂掉没接，天刚擦黑，村庄道路上已经空无一人，一个人行走多少有些阴森，零下的温度让我忍不住打了个冷战，快到她们家时，一声狗叫撕裂了这种阴森，吓我一跳。我摸着狂跳的心，确定它不会追过来才安心一点。赶紧跑进了搭档家，她家灯火通明，火炉温暖，看见我，搭档又是一番责怪，说我生分。又是让座又是沏茶，然后端出半只鸡，煮熟的，剁成小块用调料拌好。锅里热着烩菜。她在碗里舀好烩菜，上面放着拌好的鸡肉，回族特有的"碗菜"

就端给我了。然后又是一番热情的礼让。我盛情难却吃了一碗菜，肉剩下没吃。吃完我说有事要回家，结果这姐们舀了一盆，上面又添了些鸡肉，说让我端回家给孩子吃。我推辞不过只好端着，天更黑了，她骑着电动车送我回家。走在路上，冷风刮得脸疼，看着没戴口罩的她，我真的觉得很抱歉。我是个不善于当面表达感情的人，她的这些好只能记在心里。

　　我和搭档在大棚底下，背靠棚膜，坐在草帘子上。午后的阳光和煦地晒在身上，让人心里也莫名的温暖。馒头是搭档自己蒸的，苹果也是她带的，一出来干活，她就把我侍奉得像个地主婆。开水早已冷却，不过已经没人喝了。两个人就这样在阳光下，一口馒头，一口苹果，一段闲话，一阵大笑地享受我们休息的时间。二十分钟，足够了。身后的大棚里，辣椒已经三十多公分高，开枝散叶，郁郁葱葱，枝头被蜘蛛网一样上上下下的线缠绕，牵引向上。分叉处，一根辣椒藏在绿叶里，歪歪扭扭如同拧了一下的麻花。这种辣椒俗称陇椒，皮薄，味辣，比那种直辣椒要有味得多。大棚的主人是个细致人，在空闲的地方种了芹菜、油菜、白菜、香菜、花菜……夏天不觉得，可在这万物凋零的冬天，这样一片生机盎然的绿，足以绊住人的眼睛，不舍得离开。铲出来的莲花菜倒扣着，凌乱地堆放在塑料上，我们要做的就是从"莲花"上把菜用铲子分离出来。铲子锋利，看准位置，一铲子下去，菜就像西瓜一样滚落。剩下的"莲花"随手扔向一边，挥着铲子铲向下一颗。一会儿工夫，菜是一堆，"莲花"是一堆。脚下的"莲花"瓣铺了一层，踩得吱吱作响。用脚将之一气踢向另一边，又开始新一轮的分离。天气不是特别暖和，脚边的菜白白胖胖地堆起来了，惹人怜爱。开始包装了，大棚的主人也来帮忙，一个个菜被错落有致地塞进大塑料袋，等着菜贩子来拉。

天空被树枝分割成了不规则的缝隙，大大小小像一片遮阳网晾在头顶。太阳光从这些缝隙中探头探脑地钻进来，窥视着树底下的三个女人。围巾口罩裹得她们只剩下眼睛在忽闪。她们手执长长的利剪，将利剪用双手举过头顶，张开锋利的剪刃，钳住一棵粗壮的侧枝。咔嚓一声，树枝顺着剪子垂直落地。女人闭着眼睛缩着脖子躲避着，生怕树枝砸在自己头上或者身上。剪完一棵又挪向下一棵。长时间仰着头看需要修剪的树枝，让她们的脖子不堪重负，后背颈椎酸痛不已，好像里面穿了一根棍子一样不能行动自如，手臂有些麻木也同样酸痛。林间穿梭着几只喜鹊，是不是等着捡拾掉落的树枝去筑巢？

给你一片繁华，所有深情。你依然不能心满意足，倾斜的天空，剪落的枝条重重砸在脚上，疼痛由点及面蔓延开来。

对面的枝丫上，横着一只喜鹊的尸体，我们在猜测，它是病死的，还是撞死的，或者是蠢死的……

与相识二十多年的女友相聚银川

与相识二十多年的女友相聚银川，诸多欢欣。昨晚她在超市买东西，我像个跟屁虫，看见有卖巧克力的，拽着她的胳膊命令她："哎，给我买个巧克力吃。"女友立马买了几条，我偷笑。儿时的记忆、少年的悲喜都浮现在眼前，曾经荒唐天真的我们都已经成了老娘们，可那份情谊一直没变。

祝福刘汉斌

　　又一天的黄昏来临，我给我的牛添完最后一顿草结束了一天的劳动。看着它们埋头吃草的样子我是忧伤的，牛脱离了田间的辛苦劳作开始变成一种圈养的商品是幸运还是悲哀？它们从出生就没有自由地在田野里行走过，也没有选择性地吃过草。一切生活方式都是人强加给它们的，单一的喂养，千篇一律的重复，直到它们有了人们所预期的经济价值后，又被无情地贩卖屠宰。村道上传来孩子们的嬉戏吵闹，女人们的家长里短，我从来没有参与的习惯。进屋继续读本土作家刘汉斌的《草木和恩典》，最近几天只要有空闲我就顺手拿过来读，这是第二遍。汉斌的散文，贵在干净淳朴。他的字像历经西海固自然残酷折磨后获得新生的一把庄稼，倔强、坚韧而欣欣向荣。笔墨之间把他对故乡、对土地、对庄稼、对植物的深情娓娓道来，感情浓烈却又不失从容大气。在这里祝福汉斌一切顺利，佳作不断。

小个子男人

午夜的空气中弥漫着甜腻的槐花香，夹杂着布料燃烧的焦煳，还有风刮起来尘土的味道。虎虎看着水渠上穿梭的灯光，尽职尽责地大声狂吠，我喊着它的名字制止，水渠里的水落地砸出一片喧嚣，掩盖了所有声音。喊我接水的是邻居，一个小个子男人，灯光下一笑，隐隐约约看见他那颗露出来的龅牙。我接水还要一会儿，坐在渠边等着。邻居絮絮叨叨和我聊天，他说话口齿不是很清楚。说母亲多病，说父亲糊涂，说孩子调皮，说日子艰难。我时不时穿插着劝解几句。他掏出手机看时间，也是智能手机，还小心地配置了保护套。只是不知道这种手机在他这里除了接打电话和听歌以外还有什么用处？有一小块地始终淌不到水，他站在干处用铁锹捞水淋着，动作轻柔细致。他是个一直被人忽略感受的男人，懒惰、虚荣、懦弱。谁都可以取笑嘲弄他。但是今晚我耐心地听着他的絮叨，不反驳，不取笑。他说的常态每个家庭都存在，只是他的家庭里暴露出来得更多罢了。终于等到他浇完，水进了我家的庄稼地，他又热心地帮我堵水口子，巡视田埂。

蚕 豆

　　五哥说，他当年最讨厌的一件事情就是吃饭的时候，父亲逼着他吃煮土豆不许剥皮，吃煮蚕豆不许剥皮，吃煮南瓜还不许剥皮……娘一直不许盘子里剩菜剩饭，不许光吃饭不喝汤，不许挑食……那个年代的饥饿留给人太多的记忆，甚至烙上了精神印记，让人一想起就觉得恐怖。可今天老家捎来的蚕豆煮好时，孩子们并不怎么愿意吃，他们不会知道，曾经是这些东西养活了他们的父辈，延续了他们的生命。

妞

　　记忆中的妞永远定格在十四岁，高挑的身材，叛逆的性格，可爱的眼神。直到昨天打电话，听到她那边传来小男孩稚嫩的话语，我有些恍然，原来不见已经十五年，我为人妻为人母了，妞也一样。我记忆中的她长大了，漂亮了，只是她的娟姨已经沧桑，老去。

盖房子

春暖了，北国没有花开，日子却开始忙碌起来。几家邻居争着抢着开工盖房子，沉寂了一个冬天的村道上顿时热闹起来。乡民们吃苦耐劳，一生勤俭，平素不舍得多花一分钱。但在两件事上却是无比慷慨的：第一件是盖房子，打最结实的地基，用最好的木头，请技术最好的工匠，给帮忙的人置办最好的伙食。盖房子是一辈子的大事，不仅为自己，也为安置父母儿孙。第二件是给儿子娶媳妇，家具挑最好的，衣服买最贵的，人情礼数最实诚，请客吃饭一定要显得最大方。这两件事情衡量着一个农民为人处世的风格，一点做不好，就会被乡邻取笑。而乡邻多憨厚淳朴，一家有事，家家无偿出工。盖房子多挑农闲时节，除了匠人，其他都是帮忙的，邻里众多，而匠人就那么几个。四五十个人挤在一家，一时间人满为患，或干活，或聊天，三五成群，笑语欢声，打打闹闹，场面喧闹中透着和谐。等到吃饭时，屋里屋外，桌椅板凳上到处是人，锅灶上的女人乱成一锅粥。锅碗瓢盆叮叮当当，筷子勺子来回穿梭，男主人扯着嗓子大声呼喊自己老婆，这张桌子菜没上够，那张桌子缺了筷子，谁家领来的孩子没有端上碗，这边还有几个人没坐上桌子。女人慌乱地一边回应，一边催灶上帮忙的女人，一边来回奔走。直到各张桌上都有了饭菜，男女主人才松了一口气。女主人赶紧塞给男人一碗饭，男人急忙蹲在墙角端着碗大口吃起来，还不时招呼桌上的人多吃点。

在晨起夜睡中度过了一天又一天，这片土地安详宁静，我们奢侈地享受着阳光、雀鸣，一日三餐的平淡。外面的世界时时有恐怖、爆炸、纵火、战争的消息传来，太多负面的消息让人的思维麻木不仁起来。很多事情，不去经历，谁都永远不知道痛彻心扉是什么概念？如果有一天这种灾难降临到我们头上，我们拿什么来面对？我们表现出来的也是如同那些受灾的人一样的无助和惶恐。一幕幕惨剧，对谁都是一面面镜子。若不引以为戒，一切语言都是苍白的，无法原谅漠视别人生命的人，你所有的委屈，面对死者都是微不足道的。为逝者默哀，为生者祈祷！

　　以前看过一个脑筋急转弯，说在菜里面吃出几条虫最可怕？当时看答案说吃出半条最可怕，惹得我大笑，没想到今天真真的让我遇见这种搞笑的场面，和嫂子在医院食堂快吃完饭时在菜里发现半条绿虫，我拿着虫子去和炊事员理论，她非说是鸡蛋，我拿筷子夹起那半条虫子说你见过这样的鸡蛋吗？那妞才服软要给我再换一份，我说算了，你就给我一份素菜吧，我怕另外半条再让我吃出来！呵呵，再坐下吃饭已没有了食欲，我的十几块钱啊，就这么让半条虫毁了。

　　一场无声的雨又在催促着天气尽快进入冬天，像邻居大嫂那愁苦的眼泪和悲凉的心情，家里唯一的劳力胳膊骨折，医药费对这个七口之家是个天文数字，农民的生活经不起一点天灾人祸，看着她的眼泪，我的心情也跌至谷底！祈祷安康！

　　看着朋友发来的照片，心又一次飞回了黑眼湾。中间那张照片，两座小山峰之间就是我们曾经的家。已经被夷为平地。远处那座山叫阳山洼，朋友拍照站的地方是大咀山。第一张是曾经的上湾，村庄的轮廓依稀可见，那一眼山泉不知道还在不在？第三张可能是在堡子梁上拍的，看样子好像是头道沟的风景。

车水马龙的大街上，穿戴整齐的老大爷弯腰拉着一辆板车。板车上整齐码放着收来的废纸箱子，满满一车，让板车臃肿了不少。塑料瓶装在编织袋里摞在纸箱上面，完全没有其他收废品的那种凌乱，老大爷面带微笑，靠马路边缓慢行走。等板车过去，我看见了让我诧异的一幕。板车后面，老奶奶身子前倾推着车子。她穿一袭黑色长裙，白色的高跟鞋，头戴时髦的粉色凉帽，化了淡妆。就是这样一个时尚的老奶奶跟在后面帮着老大爷推收废品的板车。无从考证两个人的关系，但我宁愿相信他们是夫妻。从整齐利落的老大爷到整齐利落的一板车废品，我觉得这种整齐都是这位时尚老奶奶打理的。看着他们渐渐远去的背影，想着人老了，还能如此优雅地活着，真好！

早起，沐浴，喂牛，劈柴，烧水做饭……琐碎中寻求心灵的安宁，我们无力改变的事情太多，先从自己开始，做一个勤奋、知足、感恩的人。

每个人活在这个世界，应该都有属于他的使命，只是很多人没有发现自己的使命是什么，他们顺应了庸常平淡、千篇一律的生活，在被生活驯化的路上，许多人的梦想被淹没，让他们成了一个样子，呆板而自私冷漠。

生命中太多的无能为力。我们改变不了生死，改变不了宿命，改变不了生命中那些来来去去的人，更改变不了性格中致命的劣根性。每天面对着未知的未来，不知道下一刻要面对怎样的场景，怎样的事情？其实这样的忧虑也是苍白无力的，该发生的谁都无力阻止，该面对的总要去面对。亲爱的朋友亲人们，我既为你们祈祷，也为我自己祈祷，安康，便是最大的愿望。

爱是不能忘记的

▼

　　我们没有力量阻止悲剧的
发生，没有力量留住死亡的脚步，
那么我们可不可以选择在亲人
离开后让自己坚强地活着，不虚
度每一天。而不是沉迷在悲痛
中度过余生，无论是用怎样
的方式，都让自己开心起来这
样对亡故的人和生者都是一
种敬重，因为无论是他活着
还是故去，你的笑脸都是他
最大的心愿！

人生，且行且悲伤
——和父亲有关的一段旧事

坐着车出城上高速，离开那一片不属于自己的繁华，也离开了重症监护室里久病的父亲。心痛的情绪在蔓延，让我不知不觉有想哭的冲动。一次次往返于医院，一次次看着父亲被病痛折磨，心里有深深的悲伤和无奈。世间有一种伤痛，就是看着亲人忍受煎熬而自己什么也做不了！

车子渐行渐远，高速公路边的丘陵一眼荒凉，向身后快速滑去，我看着窗外思绪万千，人的一生有很长的路要走，其间会发生很多意想不到的事情，或悲伤，或欢喜，或哭笑不得，有人说真正的愁是无法言说的，我很赞同，那是一种弥漫在心里的情绪，让人的心里充满了忧伤，也不知道能用什么文字表达，等你说出来的时候已经不是原来的愁了。我很想闭上眼睛，很想把这种愁绪消化在血液里，可却只有眼泪想流出来……

　　好不容易熬到终点，站在这方我生活了十年的土地上，心里一片安然，电话响起，是父亲虚弱的声音，问我到了没有，我又忍不住难过起来，给父亲报了平安，又叮嘱了几句照顾好自己之类的废话才挂。之所以是废话，是因为自己无法留在父亲身边，只能苍白无力地叮嘱！

　　一生有多长谁都不知道，行走着且悲伤着，也许这样才是生活，也许这样的人生才会有更多的感悟和修行。

一别，永远

今年的春天忧郁而伤感，天空总是流泪，是不是也惋惜着您的离开。每次在手机中翻到您的电话号码，我都莫名恍惚，老爸爸——我在电话簿里为你输入的名字，拨出去会不会再次听到您洪亮的声音。每次踏进您住的屋子，我总看向您习惯坐的那个沙发，似乎看见您依旧含笑招呼我。可是那天一别，便成了永远。您的笑容离我如此遥远，看着荒野中您长眠的地方，我始终不愿哭得悲伤，因为我知道您一直希望我活得坚强。

小家伙，越长越可爱了！

　　一场难得的春雨，把干活的人追赶出了田地，真好，可以休息一下了。回家，爱人笑我凌晨蒸的菜卷像从学校食堂打回来的，足有碗口那么大！我问蒸熟了没有，他说半生不熟！儿子不服气地拿眼瞪他：你就知足吧，我妈容易吗？有得吃就不错了。我哈哈大笑，搂着我儿亲了一下，问他好吃不？他说还可以！这个小家伙啊，越长越可爱了！

梦见父亲

红寺堡初冬的天气是一年中最好的，太阳暖暖的，没有一点风，炉火不用太旺。坐在阳光下，会让人生出懒散的情绪，就这样被阳光沐浴，昏昏欲睡。小牛白脸呼啸着奔出牛圈，吓得两只母鸡跳起来逃散，反倒惊到了白脸，折身又狂奔回去。这小东西越来越调皮，每天都要上演几次惊险的狂欢。昨夜梦见父亲，远远的他在笑，我在他看不到的地方哭，不知道为什么那么难过，直哭得自己喘不过气，可是父亲一直那么微笑着，似在眼前，却又遥不可及。父亲去世快三年了，我是第一次这样清晰地梦见父亲。我想他老人家了。

昨夜，又梦见父亲

昨夜，又梦见父亲，老屋的炕上，父母坐着聊天，一如既往的平静，依旧慈祥的笑脸，和母亲偶尔的小争执，就如一幅画，而我就像个旁观者，静静地看着！想念父亲，想念有你在时的安心。

想念有父亲的日子

又是一年除夕夜，与夫聊天，他说往年除夕，你父亲没牙，却买来瓜子、花生、水果，把儿孙们喊到一起吃着看春晚，今年老人家去世了，家里冷清许多！唉，多好的一个老汉……他一说，我又一次流泪了，想念有父亲的日子，想他乐呵呵的笑脸。

想起父亲，泪流满面

　　时光已久，年华无端，心默然地，没有一点方向，觉得自己疲惫不堪。很想停下脚步，很想好好睡一天，很想很想远方的朋友，可一切只是脑中一闪而过的奢望。奔忙，迷惑！一片空白的大脑，看着苍白的冬天、萧条的远山、无所事事的麻雀，以及成群结队的流浪狗。我的心底装满了悲凉，昨夜又不得安睡！没有理由，想起父亲，泪流满面，居然再也梦不到关于父亲的丝毫。老人说，去世的人不入梦是好事，说明没有遗憾和牵挂。可人心总是贪婪的，越是留不住的越挂念。

茶与父亲

　　风撕扯着杨树叶子，摇晃着门窗，我惊醒，以为天快亮了，清醒后才知，原来夜才过去一大半。今年因喝茶夜夜不得安睡，明明知道不适合我，却拒绝不了那种苦涩在身体里种下的印记，诱惑随时随地在。

　　细想起来，居然断断续续喝了近二十年的茶，一直喝那种叶子大、味苦涩、颜色深的便宜茶叶。一喝茶就想起父亲，这种廉价的茶叶父亲一天要喝掉两大把。他的茶杯里茶叶占了大部分的空间。水要现烧好的，喝不了三五口就要续上，连续喝掉几杯才会停下来。这时候在父亲的味觉中茶叶已经没有丝毫滋味，而对我们却觉苦不堪言。最初喝茶就是喝父亲喝败了的茶水，倒碗里兑开水淡化。后来有了自己的茶杯，泡一小撮茶叶的味道刚刚和掺父亲茶水的味道一样。后来生活慢慢好了，父亲喝茶的习惯却丝毫没有改变，他已经习惯了那种苦涩的味道，习惯了一把茶叶泡几次就倒掉。

多年过去，我的茶叶量没有增加，但是对茶的依赖越来越重，早晨起来就想喝茶，累了还是想喝茶。这两年因为喝茶开始频繁失眠，让我有些惊慌，也许应该停止喝茶了。

送别姑姑

拐进这条小路，可以到达三个地方。第一站是奶奶家。爷爷奶奶已经去世，二老属于终老而归，在世时名声极好，去世时安详高寿。走过无数次的河滩路已经没有了，苔藓和草疯狂地占着道。

走完河滩路，那眼清泉还在流淌，哥哥们赶紧跑去接着喝了几口，他们不渴，只是太想念这泉水的味道。一条小径顺山体拐了进去——第二站，我的外婆家。路边的山丹丹花开得正艳，忍不住拍照。外婆家依山而建，小院自然镶嵌在山体上，房子后面就是一面悬崖。悬崖上长着几棵粗壮的杏树，再上去就是外婆家的梯田。这个院落曾经干净宽敞，外公闲暇时就躺在躺椅上，面带微笑，怡然自得地逗外婆生气的场景似乎就在昨天。此刻，荒草占据了房前屋后，房子已经坍塌，只剩墙体摇摇欲坠。

1958年，外公领着外婆离开河南，背井离乡，辗转多地，凭借一手河南小吃手艺养育了母亲姊妹十一人，最后安居在宁夏泾源。这一住，就是一辈子，儿孙都扎根泾源。屋后的梯田已经废弃，只剩下外公外婆的坟地还守着这绿水青山。

顺着一路电杆看去，它们翻山越岭。最高处的电杆还在，已经看不见我们走了无数次的山路。山后边，养育了我二十年的黑眼湾不知道成了什么样子。从这条路已经无法到达黑眼湾，曾经的自己是多么厌恶这条路，如今看去，却令人伤感。别人一直问，你的黑眼湾那么好，你干吗要移民搬迁？黑眼湾是好，但是它深处大山，当时如果不搬迁，我可能这辈子都不会写文字。顺着小路，送别姑姑。姑姑煎熬了几年后去世了，想起来忍不住落泪，癌症让她面目全非，生命的最后时刻饱经疼痛折磨，语言的表达微乎其微。今天送别姑姑，不禁心生感慨。

今天是二舅下葬的日子

今天是二舅下葬的日子，经受长达半年的病痛折磨，二舅于昨天下午去世。父亲母亲兄弟姐妹众多，两边都是大家族。各有各的悲欢离合，在生活的磨难中苦苦挣扎；每一家都有自己的故事，只言片语无法说清。随着一个个长辈的离世，这些故事终究淹没在了滚滚红尘里，被遗忘，或者被重复。

"你是前行者，我是后来者……"每个人的归宿都是一样的，这是世界上最公平的事情。想起那天张联老师说的，没有哪个人会长生不老，但文字是长生不老的。我们不敢和大儒先贤相比较，但我们可以让我们的儿孙知道在我们的时代发生了什么，这就是我们写文字的意义。

今天四哥永远离开了

　　春天来了，人的心情本该充满希望，但春天随风带来的，却是生离死别。在我三十多年的生命长度中，已经送别了太多亲人。小外甥、侄女侄子、爷爷奶奶、外公外婆、三个姑姑、二叔、公公、父亲，一直到今天因意外去世的婆家四哥。说不出心里什么感觉，从小我们几个就跟着四哥翻山越岭，我们在学校读书，他就是我们的老大和保镖，忘不了他讲给我们的传奇故事，忘不了天冷了他用大衣把我们裹起来取暖的情景，忘不了下雪时他拉着我们的手小心翼翼地行走，忘不了早晚山路上他洒下的笑语欢声。但是今天四哥永远离开了，我相信他去了天堂，相信他和二叔、公公，还有我的父亲，一起团聚在那里。

愿这世间再无烦恼忧愁

忧伤在车轮带起的尘土中弥漫着，几天的欢聚在这一刻拉下帷幕。一场离别变得有些沉重，女儿出嫁牵动着心底的不舍和疼爱，不善言辞的三哥抹着眼泪，盯着远去的车子发呆。突然想起昨天送别舅舅的场面，他为亲人的突发疾病而落泪，我想，那一刻，舅舅心里真的难过和害怕。五十知天命不过是一个说法，在送别太多的亲人之后，谁还能坦然面对生死？更多的恐怕是一种难言的凄凉和无奈。落泪之时，一喜一悲，心情截然不同。今天得知舅舅的亲戚已经脱离危险，一切似乎又开始美好起来。愿这世间再无烦恼忧愁，可我知道，这只是一种奢望。

早晨醒来看着熟睡的母亲

睁开眼睛，头疼隐隐约约还在持续。挨着母亲，听她急促的呼吸扯出细长的嘶鸣，偶尔还夹杂几句不由自主的呻吟。母亲的右边睡着大姐，几天的劳累让她睡得格外香甜，这几天她一直这样陪着母亲。似乎时光又回到了小时候，早晨醒来看着熟睡的母亲，总是轻轻地摸一下她的脸，或者碰一下她的鼻子耳朵，母亲翻一下身又睡着了。那时的母亲是那么年轻，既不打鼾，也不呻吟，更没有哮喘。家里家外都是她忙碌的身影。如今她也和所有老人一样，耳朵失聪，满脸皱纹，头发花白，牙齿松动，脾气古怪起来，喜欢安静地坐着，喜欢被人尊重。她从容地面对着自己的衰老，一如她年轻时的优秀。这里的早晨安静得出奇，现代的快速生活节奏已经让牛羊鸡鸭退出了人们的生活，乡村最典型的鸡鸣犬吠已经消失。只剩下一个沉寂的大房子和守候在房子里的几个人。

这一刻，我只是母亲的孩子

从去年年底到现在，八个月的时间，一直奔忙，一直劳累，今天终于闲了下来，一觉睡到自然醒，赶着我的羊放了一个多小时，九点多做早饭。吃完饭躺在沙发上陪儿子女儿看《活佛济公》，疲惫不堪，居然没被济公上蹿下跳、呼天唤地的夸张表演所吸引，睡着了。突然惊醒，儿女已不知去向，电视也关了，只是身上多了一件衣服。肯定是我儿的杰作，心生温暖。闭眼想继续睡，电话不合事宜地响了起来。接起来，是一个搭档问我最近有活干没。我说没有，失业在家睡觉呢。她安顿说再有活喊她一起去，我大笑道："爱钱不要命呀？"挂了电话再想睡觉已经不可能了，换了身衣服，穿上高跟鞋，去母亲那里陪母亲聊聊天吧。太久的忙碌，老人家该生气了。走在正午的阳光下，腿有种抬不起来的感觉，一小截路走得我气喘吁吁。进门见母亲和大姐坐着聊天，我赶紧半躺在母亲的沙发上，侄子进来我喊着让他给我泡杯茶喝。大姐大笑："你在家干吗呢？怎么一到这就像霜打的茄子一样。"我嘿嘿傻笑，不想解释。母亲含笑看着我，我强打精神坐端正，不过没几分钟就直接躺在沙发上了。心底的疲惫让我真的只想躺着，并保持这个姿势不变。大声地和母亲聊着天，躺着吃母亲端来的瓜子，其实这一刻，我很幸福，也很知足。抛开那些劳累，抛开成堆的家务，抛开责任……这一刻，我只是母亲的孩子，我累了，就想这样躺着和母亲聊天！

有母亲的日子，娘家是温暖的港湾

早饭没顾上吃，帮别人铲了一早晨韭菜，又给自己摘了些辣椒，忙完已经十二点半，饿得我头昏眼花、前胸贴后背，冲进母亲家赶紧就要吃的，母亲端来馒头，又切了一个西瓜，招呼大嫂、侄子和我一起吃，我一口馒头一口西瓜，也不管什么形象了，真饿了。吃到最后还剩下几块西瓜，大嫂说一人一块吃完算了。我嘴里嚼着馒头，摇头示意我不吃了。母亲瞪了我一眼对大嫂说："你别指望她吃，毛病！从小就是饿急了像狼一样，吃饱了一口都不加。"我伸了下脖子咽下最后一口馒头，讪笑着说："妈呀，我都三十几岁了，你就别想着让我改变这个缺点了行不？"母亲又白了我一眼，转身逗重孙女去了。不过我分明看见母亲转身时眼角的笑意。母亲啊！愿您安康，有您的日子，娘家才是温暖的港湾。

梦又起

　　浅睡中，梦又起。梦见在老家，来了一群苦修者，六月天穿着羊皮长袍，带着头套，浑身肮脏，已看不出皮肤的颜色，来我们村里宣扬一种新的理念。我从那种庄严的气氛中逃离，来到了瓦窑坡锄土豆，锄了一会儿，这些人离开时，才发现男女老少都有，长途跋涉让他们一个个憔悴不堪，但是他们的凝聚力没有丝毫流失，整齐有序地行走着。他们中的长者在我面前停步，悲悯地看着我，抓起我的胳膊为我把脉，重重地叹着气，他看穿了我心里的魔障，让我惊慌失措。他仍微笑着看着我，摸摸我的头顶与我告别。瓦窑坡的土豆地里，我一个人孤单地目送他们。一转眼，却发现自己处在野猪湾的悬崖边，正疑惑，才发现一双眼睛正窥视着我。居然是狼，我跑向路边的一棵树，爬了上去，只是那棵树那么细，我在树上摇摇欲坠。狼用嘲讽的眼神看着我，怎么办啊？
突然传来大哥和三哥的声音，他们在对面大声呵斥着为我驱
逐着狼，我们之间隔着一道石崖沟。狼终究不甘心地跑了，
大哥喊我赶紧到他们身边去。看着悬崖绝壁林立的石崖沟，
我怎么才能越过去啊？大哥和三哥抬了一截木头架在石崖沟
上，让我走过去，看着那根细细的木头，我始终不敢抬脚。
那只走了的狼又回来了，在不远处盯着我，大哥急得骂我不
争气。我硬着头皮踩了上去，慢慢挪动，那只狼也慢慢挪着
身子试图靠近我，突然它向我扑来，我一脚踩空，无尽地下
坠，耳边传来大哥绝望的呼喊……一身冷汗，睁开眼，麻雀
又开始了一天的吵闹。

我们的辛苦，没有尽头

夜晚如期来临，我的精神萎靡不振。不知道用什么方法可以让自己恢复正常的体力。拿什么胳膊都有一种酸痛的感觉，拿不起书，握不住笔，写不了日志。搭档唤我明天去打工，被我拒绝了，可母亲的命令不能违抗，让我帮大哥种葵花。想起明天，我的心里一声哀叹：愁啊愁！

夜晚一个人走在村道上，眼中的世界有些倾斜，我的左肩和脖子筋骨拉伤了，酸痛得我只能向右偏着脖子，侧着身子走路。大哥还没有回家，继续奔波在挣钱的路上，我怕母亲担心赶去说一声。家家户户的灯光越过院墙洒在村道上，指引着回家的人不要迷路。母亲家里也是灯火通明，一家人等着大哥回家吃饭。母亲招呼我吃瓜子，我摇头，我累得连吃瓜子的劲都没了。侄孙女瑶瑶拍着板凳让我坐，靠在我身上开始数落我丫头对她的种种"恶行"，惹得母亲和我大笑。不到三岁的妞，就知道告状，而且告得有条有理，实在佩服。回家的路上，冷风袭来阵阵寒冷，想起大哥一个多小时以后才能回来，心里突然伤感：我们的辛苦，没有尽头。

世间最美好的事情莫过于亲人团聚

晚上吃完饭想起有两天没去母亲那里了，于是就去了母亲家，进门却看见意想不到的人——母亲的大姐和二妹，我远在山西的大姨和家住吴忠的三姨。我已经五六年没见过大姨，她老人家居然一点不显老，且能独自从山西来宁夏，真让人惊喜。父亲去世大姨没能来，这次一年祭日，她特地赶来看望母亲，实在是不容易。看着老姊妹仨欢聚一堂，母亲难得开心大笑，我也开心至极。想起小时候大姨来我家的点点滴滴，做的烫面油香，包的饺子、包子、菜疙瘩。那种味道到现在都让人怀念。不知道这次大姨来我们有没有口福吃这些？这个想法有些自私，毕竟大姨都七十多岁了，还做得动吗？这世间最美好的事情莫过于亲人团聚，祝福大姨健康长寿，祝福母亲的兄弟姊妹们健康长寿！

远房姑姑来串门

切辣椒时，七十岁的邻居，我的远房姑姑来串门，看见又大又红的辣椒又是羡慕又是夸赞，问我一些关于大棚辣椒的生长情况，我的叙述让老人家惊奇不已，露出不可置信的表情。为了让她相信，我拿出手机拍的照片，姑姑看得有些发呆，连连称奇。我笑着说："有时间了过去看看吧，再不看就看不上了，要到明年才有。"姑姑叹了口气道："老了，腿疼，走不动了。"我心里也叹息，村里太多像姑姑一样的老人，一辈子见的就是头顶上巴掌大的那片天，没见过的东西太多太多。那么我自己呢，不也和她们一样吗？真不知道自己老去后，会不会也和姑姑一样？姑姑走的时候我给了她一捧红辣椒，目送她满心欢喜地离开，心里突然有些哀伤。

大　哥

　　车骑到半路没油了，无奈只能打电话求助大哥，一会儿大哥骑车就到了，去给我加汽油，我坐在水泥路上等着，难得的清闲，路边的苜蓿花开得正艳，浓郁的花香刺激着人的嗅觉，玉米已经五寸高了，欢快地迎着微风撒着欢地招摇，似乎在诉说自己的成长。若不是急着回家做饭，就这样坐到天黑也是一种享受，人一天到晚这样的奔忙到底错过了多少宁静和美景？等我们老了，还有思想和心情来欣赏吗？哈哈，如果老年痴呆，这辈子就真白活了。

　　大哥送来三岁的孙女和我家丫头玩，进门故意嘱咐丫头别惹哭他孙女。我大笑，人上了年纪似乎更爱小孩子了，两个侄子小的时候大哥几乎没抱过，更谈不上照顾。慢慢的，侄子大了，到我儿子时大哥已经知道疼小孩了，甚至很偏爱。现在他有了小孙女，更是近乎于溺爱，要什么给什么，一点委屈都不让受。大哥走时又亲了亲他家宝贝的脸，叮嘱她乖乖在我家玩，不要打姑姑。我又被大哥逗笑，他也知道太宠这个小妞，自然是很跋扈的。

家有儿女

我喜欢在清晨醒来，看着你们熟睡的脸庞，我喜欢你们在睡梦中或喜或皱眉的神情，我喜欢听你们均匀平静的呼吸，我喜欢偷偷亲吻你们稚嫩的脸庞，我喜欢一睁眼你们要挤进我怀里的着急，我喜欢你们要拥抱我时的争抢，我喜欢这静谧安然的平淡时光。

昨晚去母亲那里，看见她一个人守着电视，心里顿觉难过。于是我对女儿用糖衣炮弹轰炸、甜言蜜语诱感，这刁蛮的丫头才同意去外婆那里陪外婆睡。她一走，儿子便睡在我身边，这小家伙感叹道："哎，今天终于睡了个热炕，你是不知道啊，把我一个人放在床上有多冷。"又把手伸过来抚摸着我的脸道："你看你眼角的鱼尾纹，妈妈，你老了。"我笑着打开他的手，他又把手塞到我的手里让我拉着，说着奇奇怪怪的问题。看着这个脑袋大、眼睛大、塌鼻子上顶着几颗小雀斑的少年，心里突然有些惊慌：再有几个月他就升初中了，再以后他就有自己的生活了，可能过了这个冬天，他就再也不会如今天一样依偎在我身边说他的小心事。再以后他有了自己的生活、家庭和孩子，那么和我的距离就越来越远，终有一天，我也会和母亲一样吧！

夕阳下，儿子看着羊吃草，左手执木棒，右手提一只空着的油桶，一边敲击油桶，一边扯着嗓子吼着自己创作的曲子，颇有气势地站在高处自娱自乐。冷风刮得他的小脸通红，轻微的感冒让他吸溜着鼻涕。这些并没有让他停止敲击油桶引吭高歌。羊吃着干枯的树叶和散落的玉米秆，偶尔抬头望着这个痴狂的少年。油桶发出沉闷的声音，羊既没有被惊吓也没有逃窜，只是这样悠闲地吃着、看着。我的心里满是感动和温暖，似乎从古到今，无论多么艰苦的环境都无法阻止孩子拥有一颗追求快乐的心。而动物远比人知道怎样生活和享受⋯⋯

天刚蒙蒙亮，那几只羊就叫得撕心裂肺，提醒我它们饿了。火炕着了一个晚上依旧温暖，在寒冷的房间里让人倍觉眷恋，赖在它怀里怎么也不想起来。丫头从睁开眼睛就像只小麻雀般喋喋不休地说着她认为重要的事情，还时不时地把她的小手小脚塞到我的被子里。我受不了随她的手脚灌进来的冷风，笑骂她好好睡着。这丫头转身又钻进她爹的被子里嘀咕，父女俩用被子裹得只剩一大一小两个脑袋，丫头的脑袋顶着她爹的下巴。我们为谁去给炉子添碳、给牛羊添草而争议。这丫头为刚才的事情记仇，开始伶牙俐齿地帮她爹挤对我。我那个郁闷，都说丫头是贴心小棉袄，可这棉袄是穿爹身上还是穿妈身上，还得看棉袄的心情咋样。爷俩一致推举我起来操办这些，我也只好领命。这小棉袄，闹心。

喊丫头起床上学，丫头闭着眼睛和我嘟囔："妈妈，你好坏。"我疑惑，她继续嘟囔："我刚梦见我们老师买了十几箱泡面，发给我们吃，剩下的放在教室里，说谁饿了想什么时候吃就什么时候吃。我正吃呢你就把我喊醒了。"丫头趴在被窝里，两只手支着下巴，一副回味无穷且遗憾的表情。我撇嘴："这是什么逻辑？泡面有那么好吃吗？让你做梦都惦记着？起床上学去。"这小妮子哼了一声表达着自己的不满，起身穿衣服去了。一会儿儿子也起床过来了，她又叽叽喳喳地和儿子说自己的美梦。又被儿子一通不屑抢白。我比较不解，泡面有那么好吃吗？

　　很难得，因为别人的事情这个点了还可以游荡在红寺堡的街上，带着儿女看外地人办的展销会，还有小型的游乐设施，看得两个小家伙新奇不已，我给了他们一个选择，可以挑一个最想玩的玩一下，因为一个人玩一次要十块。最后他们选定了一个我说不上名字的玩了几分钟。后来儿子看见别人开碰碰车站着不肯走，我鼓励他去试试，儿子踌躇了一会儿说可以，看着他有些拘谨和羞涩的样子，我大笑："儿啊，你可是爷们好不？"他终于把车开起来了，看着他大大的脑袋和老成的模样，我从心里觉得抱歉，在这个地方，我能给你的也只有这么多了。完了路过看见有卖书的，他想要本字典，我用仅有的二十几块钱给他买了一本，又给女儿买了两条内裤，他们俩开心不已！孩子，其实我觉得这样也好，至少你知道什么是生活的艰难，至少你因此知道什么是惊喜和知足。或许你们一直没有富裕的生活，可我却在尽力让你们过得开心快乐！

妞说：干吗不让我先出生

妞说：“你们笨的，干吗不让我先出生？那样我就可以欺负你儿子了。我不喜欢你儿子，你偏心他，不喜欢我。”一会儿又说：“人家的双胞胎太可爱了。你为什么不生？如果你再生一对双胞胎，我们三个可以一起欺负你儿子。”

这得和我儿子有多大的“仇恨”才会这样说啊？其实我儿子也没咋嘛，不就是乘她睡觉时捏了她的脸蛋，拽了她的头发，至于这样上纲上线吗？

两块钱到北京

妞拿着两块钱，我一把抢过来，说要拿着去北京。妞歪着脑袋靠在我身上，用憧憬的表情问我："两块钱在北京能干啥？"我随口说："能上一次厕所。"妞大惊，翻身坐起来道："北京上个厕所要两块钱啊，太贵了！你等着，我给你买个马桶你背着上北京。"

和妞的对话

"妈，你今年多大了？""三十六岁。""唉，别的女人像你这么大时姑娘都十六七岁了，我咋才十一岁。""我结婚迟点呗。""你和我爸真笨，你们要早点结婚，我也十六七岁了，那样就会做饭、洗碗，你就能坐下歇着了。""说得好听的很，先给我把这几个碗洗了再说吧。""我最不喜欢洗碗了，你咋那么懒，老让我洗碗。""你不是盼着赶紧长大给我做饭洗碗吗？""问题是我现在才十一岁。""你同学和你一样大不是给她妈做饭洗碗吗？""那是我同学她妈不疼她呗。""说这么多，碗洗不洗啊？""给一块钱可以考虑。""那就算了，我自己洗。""小气的，算了算了，我给你洗吧。"

整个冬天，日子过得平淡宁静。儿女的打闹把时间一点点挥霍了去，每天看着窗外的阳光，忍不住感叹时间过得真快，又是新的一天开始了。年过去了，所谓的情人节也过去了，新的一年不紧不慢地开始运作。南方已是春江水暖，北方却还是冰天雪地。季节一样，景色不同，如同人生，日子每天都是一样，人却经历着各种的悲喜。整个冬天，我也如冬眠了一样，没事连大门都不出去，窝在暖炕上，或睡或坐。在儿女的吵闹中翻几页书，浏览一会儿网络，安排早晚的饭菜，烧炕，喂牛……在琐碎中懒散着。

薄薄地下了一场雨，勉强盖住地上的灰尘，让这个春天不那么单调。儿子放学回家举着蹭去点皮的手指在我眼前晃。我一看不碍事，就说我知道了，表示同情。这小家伙不乐意地撒嘴道："你起码表达一下伤心和震惊啊，还是我亲妈不？"我瞪了他一眼："男子汉大丈夫，这点小伤算什么？"他委屈地摇着我的胳膊："人家只不过是个小男人而已，对人家好一点嘛！"哈哈，天天这么看他撒几回娇，足以让心情明快许多。妞一回家就大呼小叫地喊我，然后就是一连串的诉说，老师同学、家庭作业、午餐一系列的事情。得很用心才能听明白，因为她讲得很快。一天的枯燥生活因为他们回家平添了许多乐趣，但也纷争不休，本子橡皮、钢笔墨水都能引发他们俩的战争，既可爱又可气。

　　晨起，炕上凌乱不堪，四床被子、儿女换下的衣服把我包围着，让我有点慌乱。他们为了一次远行兴奋不已，匆忙换上新衣服扬长而去，甚至没来得及和我吻别。早晨被子里的争执似乎还在眼前，他们两个为了钻到我被窝里而拳脚并用，把我的被子撕扯得和帐篷一样。最后达成协议，娘仨盖一床被子，我在中间。脸不能冲儿子这边，也不能冲丫头这边。稍一转头，儿子和丫头同时抗议，问我爱谁多一点。丫头更过分，用手扳着我的头转向她，让我不准看儿子，儿子的腿已经越过我去蹬不讲理的丫头。我哀叹："我将来老了你们能这样你争我抢地对我好我就欣慰了。"丫头一边蹬儿子一边说："你一直偏心你儿子，将来老了让他养活你去。"儿子赶紧回敬她："谁要你养活？"被子里被这两个小家伙折腾得没有一点温度，我大怒，开始咆哮起来。他们嬉笑着钻回各自的被窝，屋里总算安静下来。再看时间，到了要上学的时候，他们爬起来衣服一换，扔下这个混乱的现场给我。

拿什么爱你，我的宝贝

拿什么爱你 / 我和你对峙着 / 在午后的阳光下 / 面对面 / 中间隔着学校的栅栏 / 你不愿意看我的眼睛 / 我看见你眼里 噙着泪水 / 你身后的高楼 / 那么多孩子喧闹 / 似乎 / 你不喜 欢这个地方 / 廉价的垃圾食品腐蚀了你的胃 / 我无力地做着 最不愿意的事情 / 一次次买药，奔走 / 在学校和家的地方 / 我痛恨自己 / 不能给你最好的爱和照顾 / 逼着你去独立 / 解 决我不在你身边的困难 / 你的眼泪没有落下 / 你还是不愿意 看我 / 我知道你心里责怪我的狠心 / 我何尝愿意狠心 / 我期 望你长成我希望的样子 / 我也期望你能有自己的姿势 / 只是 很多时候 / 我也迷茫 / 拿什么爱你，我的宝贝

"没文化，真可怕"

爱人和网友聊天，有的字不会写，问上五年级的儿子怎么写，问一次，儿子耐心地解答一次，连续问了好几次，看动画片的儿子终于不耐烦了，道："真不知道你以前学字的时候都干吗了，这么简单的字都不会？现在知道了吧，没文化，真可怕！"我瞬间爆笑。

儿子说，你又发烧了吧

这世界上最悲催的事情可能就是，在医院照顾病人，病人没出院呢，自己也病了。人往往是好了伤疤忘了疼，许久不发烧，居然不知道去吃退烧药。儿子下午放学回家看见我的样子，说你又发烧了吧，我才反应过来。他急急忙忙帮我提水喂牛，又催促女儿去烧炕，还问我能做饭不？我那个感动啊！简单给他们做完吃的倒头便睡，感冒药似乎没什么效果，八点多时儿子又找来他吃过的退烧药，吃了一顿，一觉醒来终于觉得没那么难受了。

母子总动员

早晨上完工回家，桌子上放着几个削完皮的土豆，我儿正准备给我洗呢，一时间心情大好，给了他一个大大的拥抱和一串亲吻，弄得小家伙有点不好意思了。然后是母子总动员，我和面，儿子打杂，一个小时后，香喷喷的土豆包子出锅了，外带米汤，这是我儿的最爱。调一点辣椒汤汁，儿子一口气吃了三个大包子，边吃边和我说："要不是我提前给你削土豆皮，估计咱们这会还吃不上饭呢。"我白了他一眼："臭美！"我儿窃笑："想夸我就夸一下呗，干吗非要这种表情？"我大笑，说："要不再亲亲你。"他撇嘴："这个就算了。"我心里乐开了花，儿子才是我的贴心小棉袄！

孩子，你所选择的，始终都要付出代价

假期，又到了孩子成群结伴摘枸杞子的时候，九岁多的女儿挡也挡不住的要去挣钱，早晨四点半出门，下午五点多才回来，看着她手脸脏兮兮地拿着挣来的二十一块钱，真的心疼。可我始终是个当面不善于表达的人，不知道是该夸还是该骂，对于孩子，我总觉得亏欠，一直也迷茫，不知道应该怎样教育他们，只希望他们可以健康快乐，做一个正直的人，再说其他的愿望有些强人所难，毕竟他们的人生路我们无法替代，有些苦难和经历是必需的过程，那么孩子，你所选择的，始终都要付出代价。

两个孩子收养了一只小流浪狗，这几天小东西适应了家里的环境开始使坏，这不，今天居然"二"到和家里的老母鸡打架，不过它也就是乘鸡不备搞搞偷袭。

煮几个土豆，捎带几个红薯，再蒸一层土豆条，就着咸韭菜、腌蒜、泡辣椒一吃也就是一顿晚饭，呵呵，儿子和女儿吃得不亦乐乎！

在野外劳动时，儿子忙里偷闲地在两棵树中间用绳子挽了一个简易的秋千玩，淘气的样子惹得我大笑，想起小时候总在想尽办法让自己快乐，成年了却总在思考自己为什么不快乐。看着秋风中儿子坐着自己制作的秋千晃荡，面向阳光纯真的笑脸，才明白很多快乐是要自己寻找才会有的！

一路行走，一路歌声，远山迷蒙，近树素然、沉静，夜幕将至，车灯闪烁，奔忙了一天的人们或是要回家，或是继续赶路……儿女看着来往的车辆指着车牌询问是哪个省市的车，在车里闹成一片。呵呵，我喜欢儿子的老成和女儿的调皮，看着他们笑闹有一种幸福感在心里弥漫，亲爱的，妈妈爱你们！

二十岁的侄子昨晚住我家，刚才我让儿子喊他起床，儿子趴在他头顶摇晃："哥哥，起来吧。"侄子嘟囔着说："瞌睡得很，别喊了。"儿子好脾气地哄他："起来吧，哥哥，我天天都这个时候起床。"

和我十岁的闺女聊天

和我十岁的闺女聊天，她对我说："你看我同学的妈，还能给我同学生弟弟妹妹，你咋不给我也生个弟弟或者妹妹？"我瞪了她一眼："就你和你哥哥都整得我鼻涕一把眼泪一把的，我好不容易把你们俩拉扯这么大，再生一个我还活不？"她继续在那扳着手指头跟我说："你看啊，你先生一个，我帮你抱着，然后过两年你再生一个，等我们长大以后，都是伺候你的，多好啊！"我被她说得哑口无言，只能做严厉状："今天的作业写了没？"女儿撇嘴："又转移话题，得，不说了！"转身跑得没影……

午后，诊所的二楼嘈杂沉闷，狭小的空间挤着病人和陪护的家属，空气中弥漫着消毒水和脚臭，以及各种说不出来的气味。阳光透过玻璃晒在墙上，洒下一片惨白的光，更增添了这屋里的烦躁。儿子皱眉坐在长椅上，盯着头顶的液体瓶，看着液体一滴一滴滴进针管，沉默着不愿意说话。我问他想吃什么，摇头，想喝什么，还是摇头。再问，皱眉大笑："您想喝水就自己买去，别一直问我。"我白眼翻他，再次沉默。病人们蔫头耷脑地躺着，一脸愁闷，陪护的家属一人一部手机，头也不抬。我又低声逗儿子说话，他一脸不耐烦。今天针扎得不好，滴得很慢，他还说有点疼。时间在液体的滴答中一点点过去，陆续有人离开，顺便带走了一部分气味。儿子输完一瓶液时得到了一个空出来的床位。闭着眼睛躺下休息，隔壁床上来了一对小两口，环境开始嘈杂起来，女人直接伏在男人半边身上，两个人抱着手机窃窃私语，不时暗笑。给儿子换药时说了两遍她没起身。我没出声，用口型表达着自己的不满，儿子捂嘴偷笑，他知道我在说啥。我也偷着乐，声音提高和女人说让让，女人才起身。几个小时熬过去，液体输完了，儿子的神情还是有点蔫。带他出来想给他买吃的，他直摇头，打车送他去学校，安顿了一堆，直到他不耐烦才放手。回到家，妞看见那个空脉动瓶子惊喜了一下，以为是买给她的饮料，我说："昨天给你哥哥买的，我看瓶子结实拿回来让你装凉开水。"妞顿时不高兴了，拉着她爹的手开始告状："你看看我妈，咋那么偏心，给她儿子买四块钱的脉动，给我连两块钱的可乐都不买，他儿子喝脉动，让我装开水。啥人嘛？"我忍着笑不敢反驳。仔细想想，这事还真是我不对。

　　又起雾了，想起早晨姐问我，丫头，你喜欢雾吗？我立马说不喜欢。姐说有雾多好啊，空气湿润。我还是固执地不喜欢。风花雪月，雾里看花似乎是衣食无忧的人的专利。一起雾，牛草是潮的，烧炕的柴火是潮的，牛圈是潮的，连心情也是潮的。牛千金从生下来就没好好晒过太阳，皱着鼻子缩在母亲身边，似在祈求温暖。唉，这天气！多想看见它在阳光下扬起小蹄子撒欢。哈，亲爱的，请别责怪我不解风情！

　　和儿子的一段对话："妈，十点了，我们去地里吧！""你别去了，下午要去学校呢，写会儿作业休息一下去上学吧。""没事，作业写得差不多了，晚自习再写会儿就好了，去学校还早，我帮你干活去。""要打田埂呢，你别去了，累人。""没事，没事，我帮你干一点是一点，要不你得干到什么时候？""唉，我不想让你去。""快走，快走，你老人家真啰唆！"

　　掰了一天玉米，累，洗洗躺下，姐趴在头顶说话，一会说想给我梳头，拿把梳子就开始了，梳呀梳。打了个盹，醒来妞不见了，一摸头发，脑后编了一个麻花辫子。哈，这感觉不错！

儿子沾了大阅兵放假的光，刚开学三天就回家了，晒黑的脸上满是疲惫。看着他拎回来的衣服、书本整理得井井有条，还不忘给妞带个香辣饼回来，略微安心。督促他换了衣服洗了脚，追前追后和他说话，他慢慢和我说着新环境里的老师同学，他们的军训，他们餐厅的饭。当他说昨天晚饭就吃了两根火腿肠时我急了，追问他为什么不吃饭，他说学校没有卖面条的，也不怎么饿，就凑合了一下。还说学校的饭太难吃了，想想以前，他吃饭那么挑剔。吃完饭刚七点多他就要睡觉，妞趴他头顶欺负他他都不想理，一会儿就睡着了。看来这几天真是辛苦我儿了，对于他，看电视、吃美食的日子将离他而去。

我和他隔着铁栅栏，路灯下他的眼帘低垂，说完一句话就把头扭过去看着远处的街景。我递给他一沓钱，总共135元，他说要140元，我说零钱不够咋办，你还有吗？他说他还有20元。我说那你添5元钱吧。他低着头说行呢。不过又补充一句，这周饭卡还没打钱。我从他语调中听出轻微的哽咽。我说那你等着，我去换钱。他说都这会儿了，换钱的地方远呢。

我说那咋办？他低着头说算了吧，我凑合一下。我说今天才星期二，他不言语，用脚尖在地上轻轻画着。我冲他父亲喊，你去换钱吧。丫头看着面前灯火通明的教学楼，羡慕地说你们学校真阔气。他白了丫头一眼，继续沉默。不一会儿钱换来了，给够他140元，又问他够不够，说够了。临走又递给他5元，推辞了一下拿上了。

满怀希望去生活

我一直不喜欢拍照，因为我觉得照片中的自己很丑。今天打扫卫生时，翻出领结婚证时照的照片。两张青涩、削的脸，头歪向一起，傻乎乎的，没有太多表情。那张照片是婚后三个月时拍的，我束起头发，额头一片光洁，皮肤白皙，脸上两片具有地域特色的"腮红"。目光不算有神，但看起来安详宁静。

二十岁是一个多么美好的年龄！我从不认为自己漂亮，可照片上的自己是健康的、年轻的。再和镜子里这张沧桑、深沉的脸一对比，突然觉得一阵后怕。十六年就这样过去了，岁月是怎样一刀刀把人的青春年华偷偷宰割了去？转眼间，我们已经逐渐老去。

儿子女儿的战争依旧在持续，我们眼里微不足道的小事都能引发他们之间的争执。比如儿子比女儿多提了半桶水，比如抓羊拐女儿耍赖……刚刚吵得不可开交，一会儿又没事人一样凑一起玩。整个假期，他们就这样吵吵闹闹地过每一天。

鞭炮声中，一年结束，又一年开始，季节交替，风送走了沉重的冬天，春悄悄地潜来。回想过去的一年，悲也好，喜也好，我们都满怀希望地生活着。

孩子上学去了

炉火很旺，电视喧闹，孩子上学去了，他倚着枕头，嗑着瓜子，看一眼电视，再低头看一眼手机，如此反复。电视里是他喜欢的欢歌热舞，那些流行或者经典、充满正能量的歌曲是他的最爱。屋里时常有他忘情的歌声飘扬，偶尔还夹杂着我听烦了的大声抱怨。女儿睡过的被窝还留有她身体的气息，被子保持着她睡觉时钻在里面的形状。我用食指转圈绞着自己剪短的头发，我喜欢自己柔软的头发，如同我对生活一直妥协的态度。头顶上的钢梁、檩条、椽子支撑着我们遮风挡雨的房子。那些椽子形状各种，粗细不一样，有的还长着难看的疤痕和畸形的疙瘩，怎么看怎么不舒服，当初盖房子怎么就让它们上房了呢？但就是这些丑陋的木头庇护着我不被风吹雨淋，我这样嫌弃它们好吗？

太阳初升时，坐在大棚顶上仰望天空！感赞新的一天赐予我们安详宁静，为亡故的人祈祷，为活着的人祝福！

圣人，先贤，学者，一再教化人们，不要有纷争，不要去仇恨，不要惹是非，但是听进去、做到的又有几人？一场微不足道的纷争，刀斧相向。昨天还在争夺蝇头小利的两个人，一个今天下葬，一个外逃。可怜两个女人哭得死去活来，几个孩子茫然不知所措。对参加葬礼的人们，可起到一点警醒的作用？

世界很大，大到年少时我们
不得不为生活各奔东西。世界又很小，
小到一次偶然，就能让十几年不联
系的我们重新遇见。分离又看遇
见，都是真诚而美好的你们！谢谢
你们跨越了水千山找到我！

文字是在心灵上徘徊的精灵

文字是在心灵上徘徊的精灵，随着脉搏翩翩起舞，舞一段伤感便是悲情，舞一曲幽默则是经典，或让人流泪，或使人欢笑，大凡能用文字舞出妙笔生花境界的都称为专业，而用文字舞出一堆生涩的就是业余，无论是哪种境界，都源于对文字的喜欢和热爱。我们既不羡慕专业的高明，也不排斥业余的散漫，只要谨守自己心中的天地，无论哪种结果都是最美的风景，因为这是属于自己的特色和经历！

相逢是首歌

　　相逢是首歌，人生百态一念中，那些触动心灵的文字拉近了心与心的距离，只要聊一次便似相识了一生之久，怜惜之情在心里蔓延舒展，不问前情，不追旧事，只是惺惺相惜的知遇，我不知道拿什么来回报这些，一份信任，一份投缘，仅此而已！也许只要彼此安好，彼此祝福，彼此在文字中温暖就已足够，对吗姐姐？

微博已经开启

昨天给玉米淌水，今天继续摘枸杞。无论外面的世界如
何绚烂，我的简单生活还得继续，好好生活、踏实写字，始
终是第一目标！好多朋友都想加我 QQ，先谢谢大家的厚爱，
加不加我我都在，并且会继续书写下去，微博已经开启，有
喜欢的朋友可以关注，名称还是"溪风"——马慧娟。

昨天七月十五日

昨天七月十五日，我应该写点文字的，但是昨天一天我都在忙。凌晨四点，我就跟着大家去摘枸杞了，下午六点回的家。一天发生的事情足以写一篇文章，但没顾上写。越来越觉得自己无知和渺小，我的乡亲的故事，岂是我粗浅的文笔能够真实表达出来的。但是我不写，他们的喜怒哀乐必将被岁月淹没。夜半思索，惴惴不安！《北京卫视》关于我的节目精彩收官，搭档激动地打来电话祝福，我却觉得难过，愿你们安康幸福，一切如意！家人、亲戚、朋友、同学、网友都看了节目，一起为我喝彩，感谢你们的支持，以后的路还很遥远，我会努力！

世上的事情都有一个曲折的过程

　　谢姐和我只有一面之缘，她是我写作路上的第一个伯乐，《行走在春天的风里》是因为她而动笔写的，那时不会用邮箱，手写了七遍才成形，打车去邮局快递给谢姐。虽然没有发表，但那篇再也没改动过，后来发表在《朔方》。今天收到谢姐寄来的六本书，在这酷暑的月份倍感清凉。感谢文字，让我邂逅了那么多贵人。想起曾经的固执和坚持，若没有这些鼓励，我还能一直书写下去吗？世上的事情都有一个曲折的过程，没有谁能一步登天，不劳而获。

文沁姐姐

　　银川的文沁姐姐耽搁了一天生意，特意来看我。我可爱的搭档们和我一样善意地欢迎着文沁姐姐。虽然平时没有太多交流，但是心意是相通的，一见如故。家常烙饼、酸菜粉条款待文沁姐姐，虽然寒酸点，可我知道她不会介意。看着她亲切的面容，听着她为文字所经历的曲折艰难，自己真觉得惭愧。几个小时在我们不断的诉说中过去，时间如此匆忙，似乎还有更多的话没有说完。可姐姐要回去了，已经有人打电话在催。老板委托我们送姐姐去车站，他的古道热肠让我感动。为姐姐祝福，回程一路顺风！还有那么多喜欢和支持我的朋友们，一并为你们祝福，这世上有太多为梦想加油、为爱好坚持的人，我何其幸运，被你们如此偏爱！

邂逅王学军

感赞命运，于春日这个寒冷的天气里，和王学军邂逅在红寺堡。我们同处一个地方，相识于网络许久，却因为各自的忙碌迟迟没有见过面。相逢一笑，没有多的寒暄客套。他带我去了红寺堡一家卖文学书的店，让我觉得新奇，这个地方居然有这样一家书店，看来我对红寺堡的了解太少了。翻拣着一些书籍，他说要买几本书送我。我有些尴尬，因为彼此情况都不是太好。而学军极力坚持，我只好默然接受，他挑了六本三毛的作品和两本路遥的作品。一共八本书，花了他二百元，我却不知道说什么好，只好回赠他一本《穆斯林的葬礼》。他是一个羊倌，我是一个村妇，两个人有同样的喜好和遭遇，因为文字我们都有了富有的精神世界。然而此刻，看着他因为生活而饱经沧桑的面庞，我的心里有一种无法言说的苦涩。出了书店，提在手里的书本沉甸甸的，如同我的心情。挥手道别，各奔东西，文字的路上，我们一起加油。

为什么坚持写作

这几天一直有朋友问我为什么坚持写作，细想起来，似乎没有为什么，只是源于喜欢，或者说写字是一种慰藉和倾诉。而写出来的简单文字能得到那么多人的认可和赞同是我所没有想到的。我并不认为自己写的是文学作品，故而从来不说那是写文章。虽然侥幸能发表一些，我仍然固执地称之为写字。说到励志，面对大家的赞誉，我自觉惭愧，比起真正苦苦挣扎的人，我的故事不算太悲情。我只是坚持了自己喜欢的东西而已。而我是幸运的，那么多朋友的鼓励支持是我坚持的动力，我感谢他们。

或许有一天我也会放弃文字

　　遥想六年前在网络初次相识的几位少年，朝气蓬勃，才华横溢。他们对文字的喜爱不比我少，却因为生活中这样那样的原因不再书写。如今那几个少年依旧是我的好友，都过着属于自己的生活，偶尔也会道一声彼此安好，只是，于文字不知道还能拣拾起来多少。或许有一天我也会放弃文字不再书写，那么，亲爱的朋友们，也请你们原谅我，不是我不喜欢文字了，而是我也有不得已的苦衷。无论何时，我都记得你们因为文字带给我的美好。很多时候，我是书写给你们看的。

长　城

　　长城，崇山峻岭间蜿蜒，古朴厚重的古城墙历经沧桑依然挺立。一步步向上，我难以想象，当年的工匠们是怎么完成这项艰难的工程？一块块石头、一块块青砖倾注了多少血汗和泪水？我想每一个到这里的人都应该是怀着敬畏的心、震撼的心、感慨的心一步步登上山顶。向一代代埋骨在长城下的修筑者默默道一声谢谢。感谢他们的智慧和付出，让后人看到如此伟大的工程。一路上去，几乎每一块青砖上都刻着这样那样的字迹，留下全国各省市的地名和繁复的各种各样的姓名。外国游客很多，但这些名字没有一个是用外语写的。我在疑惑一件事情，长城上没有任何利器或石块，这些字是怎么刻上去的？难道这些人在打算游长城之前就准备好了刻名字的工具？他们是想和长城一样留存千古，长城还在，这些刻字的人又有多少还在？ 长城不倒，中华民族的智慧不倒，青山依旧，我辈当自勉！

穿过这座城市

当我们坐着车穿行在这个城市最繁华的地段，灯火阑珊，人潮涌动，车水马龙。所有的景色都是那么耀眼，所有的脚步都无比匆忙，这就是大城市的快节奏吗？我始终觉得疲惫。于这里的人或者风景，我只是个过客。随朋友登上公园的山顶，看着远处的万家灯火，一切都是那么美丽璀璨，山顶空旷寂静，夜风中的我们挽手而行，看着远处擎天的摩天轮，在夜幕下若隐若现，湖水结冰，在灯火下闪着银色的光芒。我感叹着人的思想设计和付诸实践的魄力，感叹着这座城市日新月异的变化。

爱你们，我的朋友们

"过度社交的直接后果就是：自己可支配的时间、金钱、生命被浪费，尤其是时间。对于一线城市非传统行业的打工族来说，除去工作、交通、睡眠时间，每日可支配的时间非常有限。这些宝贵的时间原本可以用于思考、读书、培养兴趣、提升自我、休息放松、健身、养生、谈恋爱、接私活、创业等，如果过度社交，这些事情就会被挤压，甚至会从你的生活中消失掉。"曲大侠说。想起我那些优秀、执着、坦诚、热情、积极向上的好友，我的心里无比温暖，爱你们，谢谢你们让我一步步心灵无比强大，让那些负面情绪见鬼去吧。人生就那么长，我们为没必要的事情生气，不值得。

除了喜欢文字，没有其他

关于文字的书写，我们都是摸着石头过河的人，浩浩几千年的传统文学，该写的，不该写的，能写的，不能写的都被文人用尽各种技巧写了。到今天，无论是诗歌、小说、散文，想要写出一些有新意的杰作难上加难。文字最辉煌的时代已经过去，至于我们草根书写的动力，除了喜欢文字，没有其他。

收到平凡姐姐的鼓励和祝福

　　早晨收到平凡姐姐的消息，心里特别温暖，谢谢姐姐的鼓励和祝福，愿我们大家都越来越好。

　　　　溪风，早上好，说起来像个故事，你昨天居然走进了我的梦里。梦里的你和照片上的你一个模样。猜你在做什么？在修路！没有人帮你，就自己，在修你们村子通往外面的大路，不是柏油路，也不是水泥路，是沙石路，修得很宽、很平整。你坐在拖拉机（不知道现在还有没有这个东西）上，笑着。我想，因为你的坚强和努力，你的未来肯定是最棒的，祝福你！

Jian 姐

　　网络中的那个女子——Jian 姐，侠义果敢，爱憎分明，不矫揉造作，不随波逐流，知天命之年，仍活得洒脱优雅。至诚至信，凡事必身体力行；博览群书，文词多犀利大气。不逢迎，不虚伪，坚持己见，实乃性情中人！

洒家哥哥

洒家哥哥，擅写诗填词，通古今轶事，读中外名家，书锦绣文章，秀家庭恩爱，观生活所得，心性平和，豁达乐观，长于空间传达满满的温暖与真诚、积极琐碎的正能量。实乃关中奇男子！每每沮丧失望之时，都是洒家哥哥传递乐观情绪，激励溪风努力生活、积极书写。溪风敬重不已，特此致谢，遥祝安康！

旧友安琪

旧友安琪，关中美女，温婉贤良，喜好文字，长于空间点评文字，广结八方文友，曾在溪风最失落时竭力安慰鼓励，让溪风重拾对文字之信心。又介绍数位文才优异美女与溪风交流，所获颇多。近日，安琪因家中变故极少上网，溪风常挂念于心，愿好友尽快度过艰难，一生平安！

网友笑尘

网友笑尘，居家大妈，旅居菲律宾，和闺友游闹网络，谈笑风生，性格大气，心胸宽广。闲暇时书写文字颇多，其文笔犀利明朗、洒脱利落。与溪风偶遇空间，文字互往，情谊渐深。历来对溪风多鼓励帮助，溪风敬重笑尘侠义，感动无以言表，以后的日子，愿情谊长存，愿好人安康！

唐姐姐

　　与唐姐姐因文字结缘，相逢于纷繁的网络，大有"相见恨晚、一见钟情"之感。姐姐善良、温婉、贤淑、坚韧，写出的文字透着深深的禅意和顿悟。我一直感叹她是佛陀遗留在尘世的一朵红莲，让她用一颗慈悲心去邂逅尘缘，去打量世事，去洞穿世情，去历经悲喜……超越这浑浊的尘世，归于属于她的纯净天空。我常常被她感动，惊喜于这俗缘的魅力，怎么就在那一刹那，让我们相识相知，成全了溪风的文字，成全了对梦想的诠释。唐姐姐，一路走来，感谢有你。

网友何亮

何亮弟乃巴蜀人氏，农家子弟，读书刻苦，做人坦荡，毕业于长春名校，就业于家乡国企。喜读诗词古文，好骑车游历，结交八方朋友，待人至诚，性格宽厚豁达，实属年轻人中之龙凤。五年里一直鼓励溪风坚持书写，积极生活。其良苦用心溪风一直铭记，感念之词无以言表！

詹医生

与詹医生相识五年有余。曾经因为身体一直不好，而詹是医生，便没少向詹讨教医学常识，每次詹的回答都彬彬有礼，让人温暖。近两年已疏于聊天，今天在空间看见他，萌生问候的想法。晚上闲聊几句，熟悉的感觉依旧。詹说："你可别不小心删了我。"我对着手机咧嘴："怎么可能？有些朋友即使不说话也永远是朋友。"和詹说了些私事，心情好很多，他一再提醒我注意身体。在这里谢谢詹医生，也谢谢我所有的网友，哥哥姐姐，弟弟妹妹们，新年即到，愿我们都幸福安康，快乐相伴！

旧友理想

旧友理想学富五车，精通文史哲学，可谓全才，独爱东坡、弃疾诗词，藏书颇多，喜好书法，志趣高远，渭南一村夫，为人耿直，处世豁达无争，与陶渊明有一比，溪风常赞理想博学，对文学的持之以恒以及严谨自愧不如。理想也欣赏溪风的乐观和文字，彼此偶尔问候，告知近况，有喜同享，有难劝解之。理想坦荡胸襟，常感染溪风，学习且敬重！虽隔千里，友谊长存，乃真朋友也！

最近网上疯传女诗人余某某的事迹，还特意加了"村妇""脑瘫"两个标签。关于她诗歌的优劣，我不是很懂，不敢去评说。但是她能坚持写十六年，这是可歌可泣的。又听说她已经出任当地文联副主席，这大大刺激一些以诗人自居者的脆弱心灵，甚至不惜重墨口诛笔伐，义愤填膺。认为称余秀华为诗人是对他们的侮辱。但是我想问，诗人的标准是什么？是高等学历，还是学识渊博？余秀华的成名不是偶然。一个人能用文字表达出她的爱恨情仇，给枯燥无味的生活和压抑的心灵一个出口有错吗？她能用残疾的身体、积极向上的思想去生活、去写诗有错吗？在她坚持写作十六年的时间里，这些诗人可曾给过她一丝帮助和指导，现在跳出来评说人家的诗是优是劣，这是羡慕嫉妒恨，还是心理失衡的骂街？

道过晚安，与你暂别在这黑夜，能读懂《红楼梦》的女人大都聪慧感性，善解人意，更懂得怎样去生活，每次与你聊天，我都觉得是在净化心灵，顿悟生活，感谢有你！

你们安睡了，我想写文字，才发现自己也想睡觉了。我喜欢的文字啊，很抱歉没有太多的时间对你痴情。生活是我的颜面，我得努力维护；你是我的梦中情人，我只能在闲暇时对你朝思暮想、念念不忘……我睡去了，你记得在梦里喊我……

闲看空间，网友们发着和立冬有关的信息，祝福、保暖、建议铺天盖地。我有些感叹，如果不是孩子上学，不是网络提示，关于日期、关于节气的概念在脑中是没有印象的，这是作为一个农民的懒散，别人种地跟着种，别人收割跟着收，不需要操心到哪一天了。有时候偶然一看时间，忍不住惊奇：怎么这么快，时间不会错了吧？还是感谢网络，让这个时代变得神奇，再遥远的距离都不是距离，再遥远的地方都可以到达。

向马金莲致敬

　　第一次有人和我说起那个名字时，我一脸茫然：马金莲是谁？后来这个名字一次又一次地被认识的文友提说，每一次我都了解着关于她创造的文字神话，深深被感动。我以为自己和这样的成名作家是不会有交集的，但仅仅隔了一年时间，因为文字，我见到了她，而且收到了她赠予的小说集——《长河》。缘分让我们相识相遇，共同的信仰和喜欢的文字足以拉近彼此的距离。向西海固的才女致敬，为有这样的写作者骄傲。

秋已至　花正好　念故人

　　要暂时离开这个我生活了十几年的地方，心里感慨万千。京城的朋友们在询问什么时候到，本地的朋友纷纷祝福，外地的朋友翘首以待我的精彩。溪风向你们致谢，一路走来，你们给了我太多温暖，是你们的鼓励，赶着我这只笨鸭子一直向前走。祈求苍天赐予我的朋友们健康安宁。

　　一立秋，居然天天下雨，似在弥补干旱了几个月的大地，可季节已经错过，一些损失是弥补不回来的。中午马来西亚的老友发来一段声音，是那里的一个电台在做演讲。很励志，鼓励人们要用健康积极的心态面对生活，不要被年龄所限制，不要因为上了年纪就丧失对生活的信心。多好啊！想想我们周围多少人未老就已经让自己变得老气横秋，对一切都兴味索然。感谢老友的心意，溪风受益匪浅。

曾经平凡姐姐给我拍过海上的日出，还记得她说："溪风，看，日出，有太阳就有希望！"我今天也拍了一组日出回赠平凡姐姐，顺便让大家看看西北的日出。

脑子里一直回旋着一个老师的散文朗诵，《玉龙雪山》在他的朗诵中圣洁美丽、如梦如幻，让听者也仿佛置身于雪山脚下，仰望着，敬畏着，憧憬着……这是文字的魅力，也是朗诵的魔力。

今天看见《被风吹过的夏天》和《乡愁》同时发表在《黄河文学》。心里有太多的感谢难以言说。网络中的朋友们，你们一直期望我好，我也一直在努力，这个起点能不能稍微宽慰你们对我的祝福。网络给了我一个平台，你们是我坚持不懈的动力。一次次的鼓励、帮助，溪风真的无以为谢。你们是我人生路上最宝贵的财富，是我用文字结下的福缘。

起风了，听见麻雀又聚在一起吵闹，杨树的叶子被撕扯得狂舞起来，乱作一团。早早地就醒了，头疼依旧，闭着眼睛似乎能舒服一点。最近的状态很糟糕，除了忙碌，剩下的时间只想睡觉，却还睡不好。没时间读书、写字，更没时间浏览空间。我一直在想这是怎么了？是我们对生活要求得太多，还是艰难付出后生活回报给我们的太少？一直有朋友说我是坚强阳光的，但我心里时常疲惫沮丧。身体里住着两个灵魂，两个灵魂常年对峙厮打，看着它们之间的战争，似乎和身体无关，身体只是一个旁观者，谁赢了就跟从谁的意见，在脸上表现出来。人都是有面具的，而且准备了很多张，当面具戴得久了之后，我们就分不清哪张脸才是我们最初的表情。揣着希望去生活，揣得久了，希望也许就会被体温融化，消失得无影无踪。呵呵，有点悲观，不要影响大家的心情就好。

日子一天天忙碌起来，每天的这个时候是我最喜欢的时间段，牛羊、孩子、家务全部忙完。夕阳的余晖中，村庄像一个历经风雨沧桑的老人，慈祥、质朴，却又安静淡然。孩子们在村道上嬉闹，女人们三五一群拉着家常。远处传来呼唤着走失鸡崽的声音，一声高过一声，惊得看家的狗开始狂吠。余秋雨说："没有皱纹的祖母是可怕的！"如果村庄没有妇女孩子，没有老人，没有鸡鸣狗叫，没有牛羊，那一定比没有皱纹的祖母更可怕。进屋趁着亮光翻几页书，这样凡俗琐碎的一天又安静地过去了。以为自己会有精力去做很多事情，但身体抗议不休，只能搁置许多想法。

夜晚和睡眠是最好的疗伤药，早起，精神已无大碍，只是身体还是不舒服。看着空间一群好友祝福，才想起今天是我阳历的生日。不过我一直记住的是农历三月三的生日，貌似离那天也不远了。感谢大家的祝福，新的一天，问好！大家开心，溪风快乐！

秋已至，云又起，远山孤寂静候雨，草葱郁，花正好，时节不待，几回悲。念故人，一路沧桑，他乡路遥，念安君知晓？

絮 语

晨起，沐浴更衣，读书，触动人心的句子总是引人思考的，在字里行间寻找作者书写这些句子的心情，自己也慢慢地融入进去，悲伤处，不觉湿了眼眶。

我时常在心里充满感谢，一些人，一些事。他们说我客气，其实不是，成长中遇见他们，是我的福气。记住并且回报，是我一直恪守的信条，我也愿意把他们给我的温暖传递出去。

宁夏的散文大奖出炉，榜上诸多熟悉的名字，为我敬重的朋友和老师鼓掌，年末了，喜事多多，真好。

侄子筹备着结婚，彩礼超高，大哥脸上的皱纹更深了。

生儿生女到底哪个好？成为了当下乡民重新思考的问题。